사랑이

제곱이

되었다

사랑이 제곱이 되었다

ⓒ 전혜진·양제열·김효인·오정연·김준녕·이정하, 2023. Printed in Seoul, Korea

초판 1쇄 찍은날 2023년 9월 11일
초판 1쇄 펴낸날 2023년 9월 20일

지은이	전혜진·양제열·김효인·오정연·김준녕·이정하
펴낸이	한성봉
편집	김학제·신소윤·전소연
콘텐츠제작	안상준
디자인	권선우·최세정
마케팅	박신용·오주형·박민지·이예지
경영지원	국지연·송인경
펴낸곳	허블
등록	2017년 4월 24일 제2017-000050호
주소	서울시 중구 퇴계로30길 15-8[필동1가 26] 2층
페이스북	www.facebook.com/dongasiabooks
인스타그램	www.instagram.com/dongasiabook
트위터	twitter.com/in_hubble
블로그	blog.naver.com/dongasiabook
홈페이지	hubble.page
전자우편	dongasiabook@naver.com
전화	02) 757-9724, 5
팩스	02) 757-9726
ISBN	979-11-93078-13-6 03810

※ 허블은 동아시아 출판사의 SF 브랜드입니다.
※ 잘못된 책은 구입하신 서점에서 바꿔드립니다.

만든 사람들

기획	21스튜디오·21페이지
기획편집	강은혜
책임편집	김유라
크로스교열	안상준
표지디자인	스튜디오 프랙탈
일러스트	강희경
본문조판	최세정

전혜진 양제열
김효인 오정연
김준녕 이정하

사랑이
제곱이
되었다

허블 HUBBLE

시네마틱 노블
002

시네마틱 노블 시리즈 II
『사랑이 제곱이 되었다』

2022년 6월 출간된 시네마틱 노블 시리즈의 첫 작품 『인류애가 제로가 되었다』는 유래 없는 팬데믹 상황 속에서 변화된 인간 사회를 폭넓게 다루며 앞으로 우리가 나아갈 방향에 대한 고찰을 다양한 장르와 톤앤매너로 다루었습니다. 첫 작품이 횡적으로 넓었던 것에 반해 두 번째 시네마틱 노블 시리즈를 기획하면서는 보다 집중도 있는 소재와 주제를 담는 것을 목표로 했고, 그 결과 저희가 선정한 키워드는 '관계'였습니다.

팬데믹이 낳은 가장 큰 변화가 무엇인지에 대해서는 이견이 많을 수밖에 없습니다. 각자가 속해 있는 다양한 사회, 문화의 환경에 따라 개인이 느끼는 변화의 폭은 상상 이상으로 다양할 것입니다. 하지만 우리 모두는 어딘가에 속해 있고 그 안에서 다양한 관계를 맺고 있습니다. 저희는 그 관계의 변화에 대해 주목했습니다.

코로나 시대 이전부터 늘어나기 시작한 1인 가구의 트렌드는 팬데믹으로 가속화되었고, 포스트코로나 시대인 지금 우리 모두가 느끼는 관계의 단절은 가구 구성에 따른 역학을 초월하여 나타나고 있는 사회적 문제로 대두되고 있습니다. 비대면 시대 속 중장년층이 사회적 고립으로 상처를 입고 있는 한편에서 청년층은 자의적 고립을 추구하며 일명 '셧인 이코노미'로 넘어가 새로운 관계 경제를 형성하고 있습니다.

현재 우리 사회는 관계 형성의 무대가 비대면이 촉발한 온라인 관계를 넘어 가상 세계로까지 확장되고 있지만, 동시에 상호 단절된 상황으로 인한 소외감과 우울감이 극대화되어 본능적으로 다시 온택트를 추구하는 모습을 보이고 있죠. 그만큼 어떤 시대보다 복잡해진 우리 사회의 관계 맺기에 주목하면서 미래에 나타날 수 있는 다양한 관계를 다룬 6편의 작품을 시네마틱 노블 시리즈 II『사랑이 제곱이 되었다』에 수록했습니다.

이 시리즈를 위해 국내외에서 활동 중인 다양한 경력의 기성 작가님들이 모이는 한편, 더 새로운 이야기들을 위해 동명의 공모전을 개최해 새로운 스토리텔러들을 찾아 나섰습니다. 첫 번째 시네마틱 노블 시리즈가 영화적 상상력에서 출발한 이야기를 소설화한 작품들에 중점을 두어 구성되었다면, 『사랑이 제곱이 되었다』는 소설 자체의 재미와 의미에 더욱 집중하는 한편, 다양한 매체로 뻗어나갈 수 있도록 이야기의 배경에 독특한 세계관적 요소를 가미한 작품을 모으는 데 노력을 기울였습니다.

전혜진 작가님의 「처음으로 안녕, 마지막 안녕」은 가상 세계에서 시작된 관계가 현실 세계로 귀결되는 특별한 여정을 통해 성장하는 아이들의 이야기를 다루고 있습니다. 오늘날 우리로서는 아직 맺어본 적이 없는 새로운 종류의 관계를 소재로 하고 있음에도 불구하고, 그 안의 현실을 살아가는 우리가 한 번쯤은 맺어봤을 보편적 관계를 투영함으로써 특유의 공감과 감동을 불러일으킵니다.

오정연 작가님의 「끝의 이야기」는 세계를 초월한 인류애와

신적인 영역을 다루고 있지만 그것이 한 사람에 대한 사랑으로 압축되어 단 하나의 관계가 어쩌면 세상을 구원할 수도 있을 만한 거대한 힘을 가질 수 있음을 보여줍니다. 무한히 확장 가능한 오정연 작가님만의 세계관이 기대되는 작품입니다.

김준녕 작가님의 「피클보다 스파게티가 맛있는 천국」은 한 편의 로맨스 시트콤을 보는 듯한 재미로 가득한 작품입니다. 결코 서로 이해할 수 없을 것 같은 정반대의 두 인물이 서로에게 빠져드는 모습을 보면서 우주에 불가능한 전제는 없다는 생각이 듭니다. 제목이 지니는 모호성이 작품을 끝까지 보고 나면 시원하게 해소되는 특유의 카타르시스가 돋보입니다.

김효인 작가님의 「Scene of the Sea」는 모든 것을 잊을 준비가 되어 있는 여자가 기억할 만한 가치가 있는 단 한 명의 남자를 만나며 펼쳐지는 특별한 이야기를 다루고 있습니다. 심해에 있는 멋진 해저 도시를 배경으로 애니메이션적인 장면 연출에 주목해 작품의 비주얼과 사운드, 그리고 도넛의 맛을 상상하면서 감상하길 권유드립니다.

마지막으로 공모전을 통해 선정된 양제열 작가의 「러브, 페어드」와 이정하 작가의 「01000100」은 미래 사회에 등장할 수 있는 감성 기술이 어떻게 사랑이라는 관계를 변화시킬지 폭넓은 상상력으로 풀어 쓴 작품입니다. 기술의 혜택을 받은 사람들과 그렇지 못한 사람들의 단절을 그리는 「러브, 페어드」, 관계의 상실을 기술로 극복하려는 「01000100」, 두 작품 모두 오늘날 현실에 대한 은유적 접근으로 많은 분들이 공감할 수 있는 이야기라고 생각됩니다.

여섯 편의 작품에서 다루어지고 있는 세계가 보다 다양한 매체로 확장될 수 있도록 내외부로 많은 기획을 시도하는 중입니다. 그뿐만 아니라 이 독창적인 설정들이 독자분들의 많은 관심과 의견으로 더욱 다양한 매체에서 새로운 모습으로 만날 수 있기를 희망합니다.

마지막으로 시네마틱 노블 시리즈라는 기획을 지지해 주시고 출간에 힘써주신 모든 분께 감사드리며, 『사랑이 제곱이 되었다』를 읽어주신 독자 여러분께 더 큰 감사의 말씀을 미리 올립니다.

그 누구도 소외받지 않는 사회를 꿈꾸며 결국 우리 모두의 사랑이 결실을 맺기를 기원합니다.

21스튜디오

허규범 드림

차례

처음으로 안녕, 마지막 안녕

전혜진

만화와 웹툰, 추리와 스릴러, 사극, SF와 사회파 호러, 논픽션 등 매체와 장르를 넘나들며 활동하고 있다. 장편소설 『280일』, 소설집 『바늘 끝에 사람이』 『아틀란티스 소녀』, 앤솔러지 『연결하는 소설』 『이토록 아름다운 세상에서』 『우리가 다른 귀신을 불러오나니』, 논픽션 『규방의 미친 여자들』 『책숲 작은 집 창가에』 『여성, 귀신이 되다』 『순정만화에서 SF의 계보를 찾다』 등 다양한 작품을 발표했다.

학교에서는 아이들에게는 교육을 받을 권리, 안전하고 건강하게 뛰어놀고 친구들과 어울릴 권리가 있다고 말했다. 우리는 또 직업에 귀천은 없으며, 사람은 누구나 하늘이 부여한 인권을 갖고 있으니 태어난 그 자체로 존엄한 것이라는 말도 들었다. 하지만 정말 그럴까? 이 동네 아이들은 아홉 살만 넘어도, 그런게 얼마나 말 같지도 않은 소리인지 안다. 희망은 없다. 나는 엄마, 아빠처럼 가난하게 살다가, 고등학교를 졸업하기 전부터 이런저런 일을 하게 될 것이다. 아주 운이 좋아 고등학교를 졸업하더라도 대학에는 가지 못할 것이다. 어쩌면 우리 아빠처럼 공사 현장에서 발을 헛디뎌 죽을지도 모른다. 서른 살도 되기 전에. 그리고 그런 것은 우리 집만의 이야기도 아니었다. 누군가는 안전 장비도 없이 전봇대에 오르다 죽고, 누군가는 공장에서 일하다가 손가락이 잘려 나갔다. 죽음과 재난을, 사고와 장애를, 우리는 시시한 농담처럼 이야기하며 남들보다 조금 일찍 철이 들어갔다.

"오늘 나눠주는 건, 개인별로 지문 등록이 되는 거예요. 혹시라도 누가 훔쳐 가거나 실수로 갖다 팔아도 다른 사람이 사용할 수 없는 거예요."

그리고 열 살이 되던 해, 나는 **노바에 문두스**의 세계에 처음으로 발을 들여놓았다. 그해 3월, 학교에서는 열 살이 되는 아이들에게 **노바에 문두스**에 접속하는 데 필요한 엔트리 디바이스 한 세트씩을 나눠주었다.

그때까지만 해도 나는 **노바에 문두스**가 일종의 가상현실 게임 비슷한 거라 알고 있었다. 우리 동네에도 하루 종일 가상현실 속에서 살며 드러누워 팔다리만 허우적거리는 아저씨들이 있었다. 하지만 선생님의 말씀은 내가 생각한 것과 조금 달랐다.

"여러분 모두에게는 교육을 받을 권리가 있고, 특히 생활이 어려워서 학원을 다니거나, 다른 체험들을 많이 할 수 없는 친구들에게는 공부를 계속하기 위한 자극이 필요해요. 이 **노바에 문두스**는 사용하기에 따라 바로 그런 결핍을 메꿔주는 도구가 될 수 있어요."

선생님은 우리가 바이오 아이디를 만들 수 있도록 도와주셨다. 그리고 우리는 아이디를 만드는 대로 한 명씩, 또 한 명씩 그 낯선 세계로 들어갔다. 나도 그랬다. 엔트리 디바이스에 지문을 등록하고, 고글과 헤드셋을 썼다. 그리고 천천히 눈을 떴다.

그리고 눈앞에 펼쳐진 꿈처럼 아름다운 세계를 보았을 때, 나는 깨달았다. 아마도 나는 평생 이 풍경을, 마치 마음의 고향인 듯 눈에 새겨진 이 장면을 잊을 수 없을 거라고.

*

그날 **노바에 문두스**의 실시간 관심사에는, 난데없는 '장례식'이라는 키워드가 떠올랐다.

노바에 문두스는 기본적으로 10대, 많아야 20대 초반까지의 사람들이 많이 사용하는 공간이었다. 내가 이 세계에 드나들었던 지난 일곱 해 동안, 실시간 관심사에 '장례식'이나 '고인의 명복' 같은 말이 올라온 일이 드물진 않았지만 대부분 유명인의 죽음에 대한 것이었고, 한두 시간 지나면 관심사에서 밀려나곤 했다. 하지만 이날은 달랐다. 몇 시간이 지나도 이 키워드는 계속 상위권에 놓여 있었다. 키워드를 클릭하자, 내 친구들과 이름

정도는 들어본 녀석들이 모두 한목소리로 이게 무슨 소리냐, 갑자기 웬 장례식이냐며 당황하고 있었다. 길에서 뭉크의 〈절규〉 같은 표정을 지으며 패닉한 녀석들을 이리저리 밀어내며, 나는 오늘 이 키워드의 직접적 원인이 된 스크린 숏을 찾아냈다. 그리고 그 내용을 두 눈으로 확인한 순간, 나 역시 입을 딱 벌리고 말았다.

저의 장례식을 준비합니다.

3일 뒤, 돌아오는 토요일 새벽부터 장례식을 진행하려고 해요.

그 전에, 가능하면 그동안 뵈었던 분들을 많이 만나고 싶어요.

시간이 되신다면 에럴드의 중앙도서관에 들러주세요.

그곳에서 다시 뵙겠습니다.

- 실버레인드리머

나는 열일곱 해 동안 살면서, 그리고 여기 **노바에 문두스**에 들어온 지 꼬박 7년 동안, 이런 이야기는 처음 들어보았다. 멀쩡히 살아 있는 사람이 자기 자신의 장례식을 준비한다니.

"이거 진짜야?"

"뭔진 모르지만 진짜겠지. 올린 사람을 봐."

게다가 글을 올린 사람도 문제였다. **실버레인드리머**는 **노바에 문두스**에서 가장 유명한 사람 중 하나였다. 세간에서 말하는 그는 고인 물 중의 고인 물이자, 하루 24시간 이상 접속해 있다는 소문까지 있는 광기의 플레이어였지만, 동시에 이 세계의 아이들에게는 처음으로 자신에게 먼저 다가와 주거나 도움을 주었던 타인으로 알려져 있었다. 다시 말해 그는 우리들 대부분에게 이 세계의 친절한 문지기 같은 존재였다. 그런 사람이 왜, 대체 무슨 생각으로 이런 말을 하는 걸까.

"무슨, 스크린 숏 조작하는 건 일도 아니야. 계정도 해킹할 수 있고."

"뭐야, 그래서 진짜라는 거야, 가짜라는 거야?"

사람들의 이야기가 여기저기서 마구 쏟아지는 가운데, 나는 급히 아지트로 향하는 게이트를 열었다. 아지트에 모여 있던 내 친구들도, 다들 그 스크린 숏을 들여다보며 한마디씩 툭툭 던지던 중이었다.

"아니, 그런데 무슨 일이야? 이거 실버레인이 계폭한다는 거야?"

"그러게, 장례식이면. 계폭한다는 말을 되게 노티 나게 하네."

"과연 문두스의 역사와 함께했다는 희대의 고인 물…"

친구들이 수군거리는 사이에도, 그 소식을 뒤늦게 들은 친구들이 **노바에 문두스** 밖에서 메시지를 보내왔다. 봤냐? 봤어? 진짜일까? 해킹당한 거 아냐? 물음표와 느낌표가, 수상쩍은 억측들이 쏟아져 나왔다. 아무래도 소식이 들리자마자, 리얼 월드에서 순식간에 소문이 퍼져나간 모양이었다.

노바에 문두스에 접속하는 사람치고 **실버레인드리머**를 만나본 적 없는 사람은 거의 없었다. **노바에 문두스**를 그저 게임이나 과거 우리 조상들이 머무르던 단순한 커뮤니티 취급하는 리얼 월드의 꼰대들조차도 대부분 **실버레인드리머**의 이름은 들어보았을 정도였다. 그런데 그런 사람이 갑자기 장례식 운운하다니.

"역시 이상해."

내가 중얼거렸다. 친구들이 동시에 나를 쳐다보았다. 나는 아이템들을 챙기며 말했다.

"여기서 이러지 말고, 우리 에럴드에나 가보자."

"야, 이거 아무래도 낚시 같은데?"

"괜찮겠냐? 여기서 에럴드면 꼬박 2박 3일은 걸려."

"뭐, 아주 거짓말은 아닐 것 같아서."

적당히 얼버무렸지만, 사실은 그 글이 마음에 걸렸다. 특히 '장례식'이라는 말이.

나는 친구들이 보지 못하게, **실버레인드리머**가 올린 글을 몰래 다시 열어보았다. 단정하고 차분한 말투였다. 글은 짧았지만 다정했고, 진심이 느껴졌다. 글에 지문이 있다는 말을 들어본 적은 있지만, 나는 오늘에야말로 그 말이 진짜일지도 모르겠다고 생각했다. 이 글은 실버레인이 쓴 글이다. 그리고 이 글은 어떤 식으로든 진짜일 것이다. 그는 어떤 이유에서든 우리에게 작별 인사를 하려는 거다. 그저 계정 폭파 선언을 거창하게 말한 것일 수도 있고, 혹은 **노바에 문두스** 폐쇄라는 스케일 큰 선언을 하려는 것일지도 모르겠지만.

"뭐, 천하의 실버레인이잖아. 남의 관심이 필요해서 이상한 짓 하는 관심 종자도 아니고."

"그건 그래."

그 말과 함께 **최씨집안가문의영광태권쓰**, 줄여서 '최강태권'이라 불리는 내 친구 최태권이 얼른 내 파티에 참가해 왔다. 그러면 그렇지, 호기심이 많아 낄 데 안 낄 데 가리지 않는 녀석이, 이런 재미있는 이벤트를 보고도 안 움직일 리 없었다.

"근데 사실 요즘 초등학생들 말고 에럴드에 누가 가냐?"

물론 얘도 생각이 없는 녀석은 아니다 보니, 고등학생씩이나 돼서 이런 데 바보같이 낚이는 게 아닌지 걱정스러운 모양이었다. 태권은 나와 함께 아이템을 챙기는 내내 계속 투덜거렸다.

"에럴드는 이젠 완전 초보자들 튜토리얼 끝내고 잠깐 지내는 곳이잖아. 어쩌면 거기가 너무 침체되었다고, 사람들 모아서 에럴드 부흥 이벤트 하려고 거하게 낚시질하는 건지도 모르지."

아마도 내게, 뭐라도 좋으니 확신을 달라는 이야기였다. 이번 모험이 절대 손해 보는 일은 아닐 거라고, 그렇게 믿을 만한 근거를 하나라도 알려주기 전까지는 계속 투덜거릴 분위기였다. 시끄럽기는. 나는 그냥 태권을 떨궈놓고 혼자 갈까 생각했다. 하지만 그때, 예전에 **실버레인드리머**가 했던 말이 생각났다. 혼자 하는 게 더 편할 수도 있겠지만 웬만하면 남과 같이하라고, 이곳에서는 무슨 일이든 친구와 함께할 수 있으면 제일 좋다고 했었다. 내게 그렇게 말해준 사람을 만나러 가는데, 여기서 태권이 좀 투덜댄다고 버리고 갔다간 두고두고 후회하게 될 것 같았다. 나는 짐짓 느긋한 척, 어른스러운 척 대꾸했다.

"이벤트가 있으면 더 좋지. 가서 아이템이라도 건질지 모르잖아."

"이야, 너 생각 외로 긍정의 아이콘…."

"그런 어르신 같은 표현은 어디서 배워 온 거야? 뭐, 어쨌든 에럴드로 가도 우리 수업 듣고 과제 내는 건 괜찮을 거야. 어차피 실버레인이 오라고 한 데도 에럴드 중앙도서관인데."

"하긴, 그렇구나. 중간고사도 아직 한참 남았고. 숙제 정도야 거기서도 할 수 있지."

"그래, 대규모 업데이트는 대학 입시 기간 끝나야 나오니까 당분간은 신규 던전 같은 것도 없어. 어디 여행 가기 딱 좋은 시기잖아. 천천히 다녀오자."

"그래, 그래. 잠잘 시간에는 서로서로 매크로도 걸고. 오케이?"

태권이 키득거렸다. 그래, 뭐. 같은 파티원끼리는 매크로를 써서 마치 누구 한 사람이 좀비를 끌고 가듯이 다른 파티원들을 데리고 움직일 수 있으니까. 이왕 머나먼 에럴드까지 다녀오는데 태권과 번갈아 움직인다면 확실히 수월할 것이다.

나는 잠시 눈을 감았다. 사실은 정말 별일 아닐지도 모른다. 이 세계에 들어왔다가 잠시 머물고 리얼 월드로 돌아가 버린 수많은 사람들처럼, 이제 **실버레인드리머**도 리얼 월드에서의 삶을 찾아 떠나가려는 것일 뿐일지도 모른다. 하지만 어느 쪽이라도 상관없었다. 사실은 에럴드까지 갔다가, 어떻게 간발의 차이로 엇갈려 **실버레인드리머**를 만나지 못하더라도 괜찮을 것 같았다. 어쩌면 나는, 지금도 내 기억 속에 선명한 아름다운 에럴드의 풍경을 다시 한번 보고 싶었을 뿐인지도 모른다. 이만큼 그리워하면서도 누구인지, 어떤 사람인지 전혀 알지 못하는, 의외로 무척이나 유명했다는 그 사람이 아니라.

*

"뭐 그렇게 장한 일을 한다고 하루 종일 자빠져 있는 거야? 하루 종일 게임이나 붙들고 앉아서."

잠시 헤드셋을 벗자, 엄마의 목소리가 바로 치고 들어왔다. 나는 고개를 저으며 화장실로 뛰어 들어갔다. 사람의 몸이란 왜 중간에 밥을 먹고, 화장실을 가야 하도록 만들어져 있을까. 어째서 일정 시간마다 리얼 월드로 돌아와야만 하는 걸까. 누군가는 그런 것을, 사람이 매일 일정 시간 잠을 자는 것처럼, 인간이 살아가기 위해 필수 불가결한 것이라고 설명하기도 했다. 그렇다면 리얼 월드는 일종의 꿈과 같은 걸까. 헤드셋을 벗으면 우리는 리얼 월드라는 이름의 악몽 속에서 다시 잠이 들고, 그 잠속에서 다시 꿈을 꾸는 걸까.

손을 씻고 나오는데, 엄마가 무척 짜증스러운 표정으로 나를 쳐다보고 있었다. 나는 어깨를 움츠리며 한 박자 늦게 대답했다.

"…게임 아니라니까."

"아니긴 뭐가 아니야?"

"조금 전까지 그 안에서 수업 들었고, 수업 끝나고서 태권이랑 이야기 좀 하고 있었어."

"그래, 학교에서는 공부시킨답시고 너희들 전부 돌대가리 만들려고 게임 계정이나 만들어 주고, 너는 또 그걸 좋다고, 하루 종일 빤스 바람으로 게임이나 하고 있고."

"아, 죄송."

나는 얼른 빨랫줄에서 낡은 반바지를 낚아채 다리를 밀어 넣으며 대답했다. 아무리 여름이고, 아무리 집 안에서라지만 티셔츠에 낡은 트렁크 팬티만 입은, 잠자리에서 바로 기어 나온 듯한 차림으로 목에 헤드셋을 걸고 있는 아들이라니, 내가 봐도 꼴사나운 모습이었다. 엄마는 그런 나를 보고, 세상 다 무너진 듯 넋두리를 계속했다.

"자식이라고 하나 있는 거, 홀몸으로 애지중지 고생해서 키워 놓았더니, 다 큰 자식이 맨날 골방에 처박혀서 저놈의 게임이나 하루 종일 처하고 있으니… 이런 꼴을 보느니 내가 그냥 각 하고 혀 깨물고 죽어버려야지, 저놈 앞에서."

나는 엄마의 저 푸념이, 한 귀로 들어와서 그대로 다른 귀로 빠져나가기만을 바라며 고개를 숙이고 서 있었다. 하지만 안다.

저 한 마디 한 마디가 뇌리에 깊이 새겨져서, 내가 다른 무엇을 하든 내 머릿속에서 속삭여 오겠지. 그게 싫었다. 내가 하는 게 뭔지도 모르고, 내가 무엇을 목표로 노력하는지 관심도 없으면서, 자기가 모르는 걸 하고 있으면 일단 게임하는 거 아니냐고 닦달만 하는 주제에, 내 머릿속을 온통 휘젓고 흙발로 짓이기고 가는 것이.

"아래에 털이 수북하게 키워놓았으면 이제는 정신을 차리고 어떻게 네 에미 봉양할 생각이라도 해야 할 것 아니야! 철딱서니라고는 없는 놈이, 나가서 배달이라도 하든가."

"대학 갈 거야."

"대학 좋아하네."

"정말이야. 그 안에서 나 맨날 공부한단 말이야. 도서관 가서 숙제도 하고. 이번 모의고사 성적도 꽤 괜찮았어. 엄마는 내 성적 확인도 제대로 안 하잖아."

"밤낮없이 게임만 하는 주제에 대학은 무슨 대학이야, 그 나이까지 먹여 살려놓았으면 이제 네가 날 먹여 살려야지. 대학에 갈 돈이 어디 있어? 간다고 하기만 해봐, 다리몽둥이를 분질러 버릴 테니."

…그래, 차라리 게임한다고 믿는 편이 낫다. 꿈조차 아예 못

꾸게 하는 것보다는.

한국 부모들은 자녀 교육을 위해서라면 무슨 일이든 한다고 누가 그래? 누군가는 한국 부모들은 전쟁 중에도 자식을 학교에 보냈다며, 그 교육열을 칭송했다지만. 그건 일부의 이야기일 것이다. 소 팔아서 대학 보낸다는 이야기도 팔아버릴 소가 있을 때나 가능한 이야기니까. 정말로 가난하고, 앞날에 대한 생각이 없으면, 대학에 가거나 하는 등의 미래 계획은 사치스러운 헛소리가 돼버린다. 나는 휘청거리며, 원래는 광이었던 곳에 작은 책상 하나를 발치에 놓은 것이 고작인, 몸을 웅크려도 발디딜 틈 없이 작은 내 방으로 들어갔다. 그리고 헤드셋이 이 악몽 같은 리얼 월드에서 도망칠 유일한 생명줄인 듯 머리에 뒤집어썼다.

헤드셋 밖의 세상은 언제나 낡고 초라하다. 아마도 국어 시간에 읽었던 '남루하다'라는 말은, 리얼 월드를 위해 만들어진 말인 것 같았다. 그 남루한 것들 앞에서 눈을 감으면, 헤드셋을 뒤집어쓰고 팔꿈치까지 센서를 올리면, 내게 익숙한 좋고 아름다운 것들이 눈앞에 펼쳐지곤 했다.

대단하신 어른들은 말한다. 진짜 세계는 **노바에 문두스** 안에 없다고. 피와 살로 이루어진 리얼 월드에서의 삶만이 진짜라고.

그 증거로 학자들이나 유명하고 부유한 사람들은, 자기 아이들에게 리얼 월드에서의 삶을 가르친다고. 학교에서 엔트리 디바이스를 나누어 주고, 열 살밖에 안 된 아이들을 가짜 세계로 몰아넣는 것은 아동 학대라고. 하지만 내 생각은 다르다. 리얼 월드에서는 일개 고등학생이 그런 고매하신 어른들의 생각에 반론을 든다는 것 자체가 말이 안 된다고 하겠지만, **노바에 문두스**에서 살아온 아이들은 내 말을 이해할 것이다. 우리는 **노바에 문두스**에서 친구들을 만났다. 우리 형편으로는 리얼 월드에서 갈 수 없는 수많은 곳들에도 갔다. 동물원에 가고, 박물관에 가고, 미술관에 갔다. 공부도 했다. 리얼 월드의 어른들은 우리가 공부 따위를 해서 무슨 소용이냐고, 시간 낭비일 뿐이라고 했다. 공부한다고 우리의 삶이 달라지지 않을 거라고 말했다. 하지만 **노바에 문두스**에서는 달랐다. 그들은 우리가 더 나은 사람이 될 수 있다고 말했다. 그들은 어제보다 조금이라도 나은 사람이 될 수 있다면 그것만으로도 시도해 볼 가치는 충분하다고 말했다. 우리는 사랑받았다. 우리는 존중받았다. **노바에 문두스**에서 우리는 노력한 만큼 무언가를 얻을 수 있었다. 그런 것은 우리들의 리얼 월드에서는 불가능한 일이었다.

"뭐야, 똥 싸고 왔어?"

헤드셋을 쓰자, 바로 태권이 말을 걸어왔다. 나는 태권을 옆으로 밀어내며 투덜거렸다.

"…여기가 무슨 리얼 월드냐."

"장난친 거야, 장난."

"말 좀 그렇게 하지 마. 쪽팔려."

"…알아."

태권은 안다. 헤드셋을 벗으면 맞닥뜨리는 우리의 리얼 월드는 마치 헤실헤실 낡고 해져 구멍이 숭숭 뚫린 낡은 속옷처럼 초라하다는 것을. 언젠가 내가 읽었던 책에서는 언제 어떤 일이 일어날지 모르니 늘 깨끗한 속옷을 입으라는 말도 있었지만, 그 말을 한 사람은 상상이나 할 수 있을까. 어떤 사람에게는 해지거나 얼룩이 남지 않은 깨끗한 속옷이 없다는 것을. 꼭 필요해서 어렵게 마련한 새 속옷을 세탁해 놓고 돌아서면, 다 마르지도 않은 그것을 다른 가족이 날름 입고 나가버리기도 한다는 것을. 누군가는 그런 이야기를 들으면 남의 속옷을 왜 갖다 입느냐며, 불결하고 역겹다며 낯을 찡그릴지도 모르지만, 다른 누군가에게는 그게 바로 현실이다.

"그래도 언젠가는, 뭐라도 조금은 나아지겠지."

태권이 내 어깨를 툭툭 두드렸다. 그러다가 태권은 머리를 긁

적이며 웃었다.

"실버레인은, 이제 이 세계를 떠날 수 있게 된 거겠지?"

"아, 그렇네."

"좋겠다. 부럽네."

노바에 문두스의 세계에는 가난이 보이지 않는다. 우리는 이곳에서 수업을 듣고, 시험을 보고, 외국어 단어를 많이 알아야 통과할 수 있는 던전에 들어가 아이템을 조달했다. 그 아이템으로 옷을 차려입고, 책을 사서 읽었다. 리얼 월드에서는 하지 못하는 공부를 이곳에서 다 하고, 대학 입학시험 준비를 했다. 누군가는 이곳에서 의상을 디자인하거나 영상을 찍고, 그 수입으로 리얼 월드에서의 자기 자신을 부양했다. 태권에게는 그런 특기는 없었지만, 대신 들어온 지 얼마 안 되는 아이들의 숙제를 봐주며 이곳 시스템에서 조금씩 돈을 받고 있다고 들었다.

하지만 이 세계에 처음 발을 디딘 열 살 이후 해를 숱하게 보내어도 여전히 이곳에 남아 있는 우리는 모두 알고 있었다. 열 살이 된 모든 아이들에게 **노바에 문두스**에 접속할 권한과 엔트리 디바이스 한 세트씩을 지급해도, 리얼 월드에서의 삶이 이곳보다 나은 아이들은 결국 시들해져서 이 세계를 떠나는 법이다. 물질적으로 풍족하고 부유해서 더 편한 삶을 살 수 있거나, 혹은 이곳에서보다 더 나은 교육을 얼마든지 누릴 수 있거나. 고등학생이 되도록 여기 남아 있다는 것이 무슨 뜻인지, 이곳에서 젖 먹던 힘을 다해 최선을 다해 살아간다는 것이 무엇을 의미하는지, 나도 태권도 잘 알고 있었다.

"그러게. 그런 거라면 이건 정말 축하해야 할 일이었어."

나는 고개를 끄덕였다. **노바에 문두스**의 조상신 내지 지박령처럼 오래오래 이곳에 머물렀던 **실버레인드리머**가 마침내 이 세계를 떠나기로 마음먹었다면, 그건 결코 그에게 나쁜 일은 아닐 것이다. 여기 남을 수 밖에 없었던 아이들은 **노바에 문두스**에서 많은 것들을 배웠다. 노력하는 법을 배우고, 끈기 있게 매달리는 것이 왜 필요한지를 배웠다. 사람과 사람 사이에 예절이 필요하다는 것도 배웠다. 그렇게 자기 나름대로 리얼 월드에서 살아갈 방법을 배운 아이들은, 자기 능력으로 이 안에서 안전하게 돈을 벌기도 하고, 공부를 계속해 자격증을 따거나 대학에 진학하기도 했다. 그렇게 헤드셋 밖 세상, 리얼 월드에서 자신의 자리를 찾고 나면 서서히 이 세계에서 멀어져 갔다. 우리가 살아가며 만났던 정말 많은 이들이 그랬다.

*

"발걸음이 무겁네."

태권이 중얼거렸다. 래그$_{lag}$가 걸리고 있었다.

"래그 걸리는 거 되게 오랜만이네."

"응, 보통은 어지간한 이벤트가 있어도 래그 걸리는 일은 없는데."

걷다 보니 에럴드 방향으로 걸어가는 사람들이 조금씩 늘어나고 있었다. 갑자기 사람이 많아진 탓에 래그가 걸리는 모양이었다.

"보통은 초보자 때 에럴드에서 놀다가, 이 길을 이렇게 걸어나오는데."

"그렇지."

에럴드에는 도서관이 있다. 도서관 지하의 던전에서는 다른 게임에서 하지 않는 일들을 한다. 줄을 서서 바르게 걷거나, 던전 속 현자의 눈을 똑바로 바라보고 인사를 하는 식이다. 시간이 지나고 생각해 보면, 대체 누가 그런 재미없는 던전에 들어가겠나 싶겠지만, 사람이란 자신에게 조금이라도 이득이 된다면 흥미를 갖고 매달리기도 하는 법이다. 누군가는 자기가 배워야 할 모든 것은 유치원에서 배웠다고 말하지만, 나는 살아가는데 필요한 가장 기본적인 예절들을 열 살 무렵 이곳 에럴드 던전에서 배웠다.

어린이가 갖추어야 할 예절을 거의 다 배우고 나면, 던전의 현자가 보물상자를 건네주었다. 그 상자에는 다음 도시로 갈 수 있는 편도 차표 한 장이 들어 있었다. 아이들 대부분은 그 차표로 하루에 한 번씩 다니는 버스를 타고 도시로 나오지만, 또 어떤 아이들은 그 차표를 보물처럼 간직한 채 걸어서 에럴드를 떠나기도 했다. 나도 그랬다. 내 인벤토리의 가장 안쪽에는 소중하게 보관해 둔 아이템이 리얼 월드와는 달리 바래지도, 먼지가 쌓이지도 않은 채 고스란히 남아 있었다. 그렇게 이곳 **노바에 문두스**에서 내가 처음으로 손에 넣은 보물인 차표는 아직까지도 인벤토리 한구석에 자리하고 있었다.

"어릴 땐 그런 게 정말 소중했는데."

"그러게."

걷다 보니 이랑 누나가 보였다. 우리가 막 **노바에 문두스**에 들어왔을 무렵 고등학생이었던 이랑 누나는 이미 이곳을 떠난 지 오래였다. 나는 얼른 누나의 이름을 부르며 뒤따라갔다. 이랑 누나가 우리를 돌아보았다. 처음에는 우리를 못 알아본 것 같다가, 우리 위에 깜빡이고 있는 이름을 손가락으로 가리키자 깜짝 놀라 달려왔다.

"와, 세상에. 이게 얼마 만이야!"

이랑 누나는 우리가 이제 몇 학년인지, 잘 지내고 있는지 물었다. 이랑 누나는 지금 태권이가 하는 것처럼, 예전에는 우리가 숙제하는 것을 돌봐주곤 했다. 시스템은 이랑 누나의 능력을 높이 평가했고, 입시 때도 좋은 추천서를 보내주었다고 했다. 덕분에 지금은 교육대학에 다니고 있다고, 머지않아 학교 선생님이 될 거라는 말도 들었다.

이랑 누나뿐이 아니었다. 그렇게 리얼 월드에서 살아갈 길을 찾은 뒤 이곳을 떠났던 사람들이 마치 만성절 전야의 영혼들처럼 하나둘씩 돌아오고 있었다. 그들 모두가 리얼 월드에서 소식을 듣고 달려온 거였다. **실버레인드리머**가 자신의 장례식을 치를 거라는, 그 소식 하나를 듣고서.

"조금 부럽다."

이랑 누나가 중얼거렸다. 우리보다 키가 조금 작아진 이랑 누나는, 우리가 기억했던 것보다 조금 슬퍼 보였다. 그때는 보이지 않았던 것일까, 아니면 지금의 현실이 힘들어서 그런 것일까. 우리는 이랑 누나의 어깨 너머로 서로를 쳐다보았다. 그때

이랑 누나가 우리의 등을 툭툭 쳤다.

"왜, 누가 죽었다고 하면 슬퍼하고, 장례식에 많이 찾아오고, 그러면 성공한 인생이라고 하잖아. 그런 게 부럽다고."

"엄밀히 말해 이건 장례식이라기보다는… 계폭 이벤트 같은 게 아닐까요?"

"그래도 말이야."

하긴, 어떤 형태로든 **실버레인드리머**가 이 세계에서 사라진다면, 그건 장례식과 비슷하다고 보아야 할 거다. **실버레인드리머**가 사라진 **노바에 문두스**는 틀림없이 그 이전과는 많이 다를 테니까.

실버레인드리머는 그야말로 **노바에 문두스** 세계의 고인 물이었고, 살아 있는 역사였다. 이랑 누나가 처음 여기에 들어왔을 때도 그는 이미 고인 물이라고 불리고 있었다. 이 세계에서 그의 이름이 처음 발견된 것은 베타 테스트 때의 단체 사냥 기념 스크린 숏에서였다. 그러니까 내가 태어나기도 전부터 이 세계에 접속해 있었다는 이야기다. 그는 거의 언제나 **노바에 문두스**에 접속해 있었고, 전체 접속 시간 중 절반 정도를 **노바에 문두스**의 중심, 에럴드에서 보내곤 했다. 특히 그는 에럴드의 중앙도서관에서 시간을 많이 보냈는데, 그런 탓에 **실버레인드리머**를 시스템상에서 이 세계를 안내하기 위해 만든 일종의 NPC라고 생각하는 사람들도 있었다. 그런 이들이 사소하고 무례한 장난을 칠 때마다 **실버레인드리머**는 말하곤 했다.

"그러지 말아요. 엔트리 디바이스 너머에 사람 있어요."

사실 어떤 세계든 처음 들어가면 길 안내를 해주는 캐릭터 한둘은 있는 법이다. 그것이 NPC든, 마스코트 캐릭터든. 하지만 **실버레인드리머**는 언제나 자신을 '사람'이라 말하곤 했다. 뭐, 사람이라도 범주는 넓은 거니까, 꼭 유저user라고 장담할 수는 없다. 사람의 반응을 수집하는 인공지능일 수도 있고, 어쩌면 개발자 계정이든가 시스템 매니저일지도 모른다. 물론 시스템 매니저라면 그보다는 유능하겠지만. **실버레인드리머**는 우리를 부활시켜주지도, 아이템을 주지도 않았다. 채팅창에서 매크로를 입력해 아이템 등을 소환할 수 있는 존재도 아니었다. 이 세계에서 가장 유명한 인물 중 한 사람이었지만 흔한 인플루언서들처럼 뭔가를 홍보하거나 협찬을 받지도 않았다. 유명해진 인물들이 흔히 그러듯이 남들에게 가르치려 들거나, 뭔가를 깨달은 구루guru인 척하지도 않았다. 그는 그저 하루 24시간 중 대략 20시간 이상을 이 세계에 머무르며, 단지 이 세계에 처음 들어왔거나 길을 잃은 사람들의 이야기를 들어주고, 친구가 돼주는 사람이었다. 친절하고 다정하고, 나를 기꺼이 도와줄 것 같은 그런 사람.

열 살 때의 나에게도 그런 누군가가 필요했듯이, 이랑 누나에게도 그런 사람이 필요했을 것이다. 우리 모두 한때는 그런 어린아이들이었으니까.

"밖에서는 난리도 아니야."

"무슨 난리가 나요? 실버레인이 글 올리고 몇 시간이나 지났다고요?"

"그러게. 그런데도 인터뷰 한번 따야겠다고, 기자들이 아주 시끌시끌하더라."

"인터뷰 제대로 한 적 없잖아요."

"응, 늘 여기서, 다른 사람들 앞에서 공개적으로만 했지. 안 그러면 기자들이 자기들 마음대로 써버린다고."

리얼 월드의 어른들은 종종, 이곳의 **실버레인드리머**가 리얼 월드에서는 어떤 모습을 하고 있는지, 이름은 무엇인지, 여자인지 남자인지, 나이는 얼마나 되는지, 그런 것만을 알고 싶어 했다. 어떤 사람들은 **실버레인드리머**가 **노바에 문두스** 안에서만 인터뷰에 응하는 것을 두고, 게임 캐릭터 뒤에 숨어서 비겁하게 군다며 욕하거나 조롱하기도 했다.

하지만 **실버레인드리머**가 무슨 죄라도 지은 게 아닌 이상, 그가 리얼 월드에서 누구인지, 어떤 모습인지 밝힐 의무는 없다. 우리 중 누구에게도, 그저 단순하고 알량한 호기심을 충족하겠답시고 그에게 자기가 누구인지 밝히라고 요구할 권리는 없다. 그런 말을 하는 사람들은 정말로 나이 많은 사람들, 그래서 할 일이 없어 젊은 애들이 주로 노는 곳까지 쳐들어와 이런저런 꼰대 같은 소리들을 늘어놓는 이들일지도 모른다. 리얼 월드식 사람의 얼굴과 몸을 갖고 있어야만 친구가 될 수 있다는 것은 그야말로 20세기에나 통용될 사고방식이니까. 그가 사람이든, 혹은 여러 사람이든, 아주 잘 만들어진 NPC나 AI라고 해도, 혹은 **노바에 문두스**에서 꼬박꼬박 월급을 받는 직원들이라고 해도 상관없었다. 열 살 무렵의 우리들은 모두, 그를 만났고 그에게서 크고 작은 도움을 받았다. 빚이라고 부르기에는 소소하지만, 친구가 되기에는 충분하고도 남을 그런 도움들을.

그때 우리 앞에, 거대한 배 같은 것이 모습을 드러냈다.

"소환선이다!"

그랬다. 이 세계에서 하루를 꼬박 걸어가야 하는 이 사막을 가로질러, 단숨에 다음 도시까지 갈 수 있는 거대한 배, 가끔 이벤트 때나 나오는 그 배가 바로 지금 우리 앞에 있었다.

"그쪽도 실버레인을 만나러 가는 거지? 어서 타라고!"

그리고 누군가가 배 위에서 소리쳤다.

*

"원래 사람은 시간이 많을 때는 돈이 없고, 돈이 생기면 시간이 없는 법이야."

소환선을 끌고 온 사람의 머리 위에는 **선장이라고불러주세요**라고 적혀 있었다. 선장은 잔뜩 피곤한 얼굴을 한 여자였다.

"마흔 살 한참 넘어가면 말이야, 게임할 때 제일 힘든 게 뭔지 알아?"

"여기 게임 아니거든요."

나이를 종잡을 수 없다 싶었는데 마흔 살이 넘었다니. 우리 엄마가 올해 마흔 살인데, 엄마보다 훨씬 젊고 활기차 보이는 모습에 나는 어쩐지 잔뜩 주눅이 들고 말았다.

"알아, 미안. 근데 그런 거 있다? 할머니에게 주방 세제는 무조건 퐁퐁이고 메신저는 카톡이고 커뮤니티 게시판은 카페지. 그게 아니란 걸 알아도 어떤 말들은 입에 착 붙어서 잘 안 고쳐진단 말이야."

"알아요. 얼마 전에 리얼 월드에서 학교 홍보 아이템 공모전 하는데 교장 선생님이 UCC 공모전이랬어요."

"하, 미치겠다. 그거 옛날 옛적 2002년 월드컵 할 때 쓰인 말인데. 설마 교장 선생님이 싸이월드 도토리나 라이코스 멍멍이 같은 말씀은 안 하셔?"

"그 정도로 역사책에 나올 것 같은 말씀은 안 하세요."

"역사책… 아니, UCC나 싸이월드 도토리나 비슷한 시대의 이야기이긴 해. 근데 내가 어디까지 이야기했더라?"

"마흔 살에 게임할 때 힘든 거요."

태권이가 얼른 대답했다. 그러자 선장이 말했다.

"아, 그렇지. 별건 아냐. 첫째가 게임에서 레벨 올리거나 아이템 얻는 걸 현질 없이 전부 노가다로 해야 하는 거고, 둘째는…."

"아, 저 뭔지 알아요. 친구들도 다들 바쁘고 시간 없어 죽겠는데, 꼭 파티 짜서 친구들이랑 같이하라고 그러는 거."

이랑 누나가 피곤한 얼굴로 대답했다. 선장은 고개를 끄덕이며 격렬하게 동의했다.

"그래, 그거, 맞아 맞아 맞아. 아니, 가끔은 같이 게임할 친구도 좀 팔아줬으면 좋겠다니까. 어쨌든 이 **노바에 문두스**는 우리 회사에서 만드는 건데, 그러면 사람이든 아이템이든 그냥 좌표 찍어서 딱 넣어주면 되거든. 왜, 던전에서 어디 잘못 빠졌을 때도 GM에게 연락하면 좌표를 옮겨주잖아. 그런 식으로. 그래서 직원인데 어떻게 좀 쉽게 가자고 했더니 안 된다고, 그냥 걸어가라고 그러는 거야."

"직원이라고 혼자만 쉽게 가는 건 치사하잖아요…."

"그래! 그래서 내가 치사하지 않으려고 이렇게, 대형 이벤트 때만 쓰는 소환선을 꺼내왔잖아. 야, 이거 갑자기 기안 올리고 결재하라고 하고 내가 진짜… 어쨌든 지금 밖에서 아주 난리도 아니야. 여기도 이렇게 사람이 많잖아? 소환선 여러 번 띄워야 할 거야."

소환선은 원래 순식간에 움직이지만, 우리는 걷는 것보다 조금 빠른 정도에 만족해야 했다. 처음 나타난 소환선은 우리가 가는 길에 있는 사람들을 차례로 태우며 이동했다. 그리고 잠시 후, 하늘에 공지가 떠올랐다.

각 도시 입구에 모여주시면 1시간에 한 번씩 소환선이 나타납니다.

"그래, 저렇게 공지를 딱 띄워야지."

선장이 팔을 걷어붙이며 중얼거렸다. 그러더니 그가 입고 있던 옷이, 정말로 해적 선장 비슷한 옷으로 바뀌었다. 영 이상하게 생긴 건 아니었지만 미묘하게 해상도가 떨어져 보이는 옷이었다.

"그건 뭐예요? 한 번도 본 적 없는 옷인데."

"한 번도 본 적 없다니. 너희들 대체 언제 처음 여기 들어온 거야?"

"열 살 때 들어왔죠? 7년 전?"

"…세상에, 7년 전에도 사람이 태어났었네."

선장이 한탄하는 사이, 이랑 누나가 선장의 등을 빤히 쳐다보다가 대답했다.

"해적 선장 후크의 옷이잖아요."

"맞아."

"우린 그런 NPC는 못 봤는데요."

"내가 여기 처음 들어왔을 무렵에, 그때 던전의 현자가 해적 선장 후크였어. 저기 등에 '악어 출입 금지'라고 자수 놓여 있잖아."

"10년도 전의 옷이니까 해상도가 떨어지는 거네요."

"남의 옷 갖고 이러쿵저러쿵하는 거 아니다, 어린이들."

"고등학생이거든요."

그래도 이동 속도가 빠르든 느리든, 그저 배가 이동하는 대로 앉아서 가기만 하면 되다 보니 사람들은 조금 느긋해져 있었다. 몇몇은 헤드셋을 벗은 뒤 리얼 월드로 돌아가 수면을 취했고, 어떤 이들은 둘러앉아 이야기를 나누기 시작했다.

"던전의 현자에게 예절을 평가받는 거, 그게 어렸을 때는 참 어려웠어요. 우리 주변 어른 중에는 그런 사람이 잘 없었으니까요."

"지금도 새벽에 편의점에서 일하고 있으면, 소주 사다가 그 자리에서 마시고는 편의점 옆 전봇대에다가 소변을 보고 가는 영감님이 있어요. 아주 어렸을 때부터 그런 걸 보고 자랐으니까 길에다가 용변을 보는 게 이상하지 않다고 생각했었는데, 여기 들어와서 알았어요. 그러면 안 된다는 거."

"실버레인이 가르쳐 줬죠."

"맞아요. 실버레인이 이렇게 해보면 되지 않을까, 하고 말해 주지 않았으면 그 던전 못 깨고 포기했을 듯."

"사실은 처음에 그렇게 어려운 걸 시키면 그만두고 나가잖아요. 그런데 실버레인 때문에 계속 도전했던 것 같아요. 내 이야기를 그렇게 들어준 사람은 처음이었거든요."

"현실적으로 뭔가를 해결해 준 건 아니지만⋯ 그래도 우리 이야기를 들어준다는 게 중요했으니까."

"실버레인이 비슷비슷한 시기에 비슷비슷한 고민 있는 애들이 들어오면 다 불러서 같이 놀게 해주기도 했어요. 그렇게 인생 베프 만나서 지금도 함께 다니고 있고."

"문두스가 지금 생각해 보면… 현실에서는 공부를 계속할 수 있는 자극을 받지 못하는 아이들이 이 세계에 들어와서 조금이라도 더 나은 사람이 돼야겠다고 생각하게 하고 실질적인 도움도 준다는 점에서 정말 잘 만든 시스템이지만, 솔직히 말해서 에럴드를 벗어날 때까지가 좀 힘들잖아요. 현자의 던전은 약간 그… '교양 있는 어린이'가 돼야 통과할 수 있는 거니까. 그래서 자극이나 미끼 아이템보다는 격려가 많이 필요한데, 실버레인이 없었으면 거기서 포기하는 애들이 정말 많았을 것 같아요."

"맞아요. 실버레인이 없었으면 문두스 월드가 이렇게 확장되기 힘들었을 거예요."

"솔직히 말하면 난 문두스에 들어오기 전까지, 내가 더 나은 사람이 될 수 있을 거라는 그런 생각을 안 했었어요. 못 했던 것 같아요. 근데 이 효능감이 그냥 게임 레벨 업 하는 거로 그친 게 아니라, 정말로 뭔가를 하게 만들었으니까. 난 지금 제빵 일 하고 있어요. 그게 사회적으로 어마어마하게 성공하고 그런 게 아니라, 직장에 다니면서 월급을 받는다는 것 자체가 조금 더, 내가 원래 될 수 있었던 것보다 조금 더 나아진 것 같아요."

"아, 그거 뭔지 알아요."

저마다 하나씩, 실버레인을 만났던 시절의 이야기를, 그리고 이 세계가 자신을 변화시킨 이야기들을 하고 있었다.

누군가가 더는 어떤 접점도 남기지 않고, 이 세계를 아주 떠난다고 말할 때, 이렇게 많은 사람들이 그의 이야기를 하고, 그에게 고마워한다는 것은 어떤 기분일까. 나는 이랑 누나가 부럽다고 말한 것이 이해가 갔다. 그리고 나도 그런 사람이 되고 싶었다.

"…실버레인은, 혹시 이 세계를 만든 사람인가요?"

나는 선장에게 조심스럽게 물어보았다. 이렇게 많은 이들에게 영향을 끼친 사람이다. 이렇게 많은 이들로부터 사랑받는 사람이다. 어쩌면 문두스를 개발한 회사의 대표님이거나, 혹은 이 세계를 만들고 있는 팀의 팀장님쯤 되는 사람일지도 모른다. 그런 사람이 열두 살쯤 되는 소녀의 모습을 하고 있다고 생각하면 조금 기괴했지만, 자신의 진짜 모습을 가리기 위해 일부러 자신과 아주 다른 모습을 하고 있는 사람들은 **노바에 문두스**에서 의외로 많았다.

나처럼 평범한 아이가 이 세계에서 성장하고, 계속 응원과 지지를 받는 느낌으로 살다가, 마침내 리얼 월드에서 어떤 식으로든 평범하게 살아갈 자격을 얻고서 떠나는 거라도 반가운 일이다. 하지만 만약 이 세계를 만든 분이 회사를 그만두거나, 혹은 은퇴를 하려고 떠나는 거라면, 그건 정말 굉장한 일이라고 생각했다.

"…만약 그런 거라면, 정말 감사하다고 말하고 싶어요."

"대표님 아니야."

선장은 짧게 대답했다. 그러다가 하늘을 올려다보며 한숨을 쉬었다. 누군가가 하늘에 메시지를 쏘아 올리는 아이템으로 **실버레인드리머**에게 감사의 인사를 전하자, 곧 너도나도 **실버레인드리머**에게 사랑과 감사를 담은 메시지들을 쏘아 올리기 시작했다.

"우리 회사가 원래 게임 회사였던 거 알고 있지? 대표님은 난치병 어린이들에게 꾸준히 기부도 하고, 애들이 병원에서 공부를 계속할 수 있게 이런저런 디바이스나 게임 형태의 학습 프로그램도 만들었어."

"예?"

"대표님은 훌륭한 분이었어. 평생 침대에서 일어나지 못하는 아이를 돌보는 일을 생각해 본 적 있어? 대표님이 없었으면 우리 이모는 정말 살아남지 못했을 거야. 내 사촌도 우리 대표님의 도움을 받았거든. 태어났을 때부터 심장이 좋지 않아서."

거창한 역사를 읊는 말에 이게 웬 용비어천가야 싶어서 대충 한 귀로 듣고 다른 귀로 흘리던 나는 선장의 마지막 말에 고개를 들었다. 그냥 이 채널을 빌려 사장님께 아첨을 하는 게 아니라, 선장은 정말로 고마워하고 있었다. 그러다가 문득 깨달았다.

"…죄송해요."

"뭐가."

"저 조금 전에, 잠깐 그런 생각을 했어요. 그, 그러니까… 그래도 치료받을 돈도 있고, 엄마가 옆에서 돌봐주잖아, 하고. 근데 선장님 사촌분도 그랬다니까…"

"선천성 질환은 일찍 발견해서 치료 시작할수록 나을 가능성도 커지는 법이야. 사실은 우리 이모도 돈은 없었지…"

"죄송해요."

"네가 죄송할 건 아니야. 내가 너만 할 때도 사람들은 다른 사람 입장은 돌아보지도 않고 서로 자기가 더 불행하다고 곧잘 말했고. 그걸 바로 깨닫고 미안하다고 말할 수 있는 것만 해도, 너는 그 무렵의 나보다 나아."

선장이 쓸쓸한 미소를 지었다. 어쩌면 그도 나나 태권처럼, 이랑 누나처럼, 이 세계에서 자라난 수많은 아이들이 리얼 월드에서 매일 당하는 일처럼, 수많은 것들이 꺾이고 부정당하며, 너희의 노력은 보답받지 못할 거라는 비아냥을 들으며 어른이 되었던 걸까.

그리고 어쩌면 **실버레인드리머**도, 그런 사람이었을까.

*

"거기서 뭐 하니?"

내가 실버레인을 만났던 것은, **노바에 문두스**에 접속했던 첫날의 일이었다.

무척이나 아름다웠던 풍경도 잠시, 나는 길을 잃어버렸다. 비슷하게 접속한 우리 반 아이들의 모습도 어느새 보이지 않았다. 당황한 나는 헤드셋을 벗었다가 다시 쓰며 길을 잃기 전으로 돌아가기를 바랐지만 달라지는 것은 없었다. 다시 원래대로 돌아갈 수 없단 걸 깨닫고 나는 잔뜩 낙심하고 말았다. 학교에서도 바보인데 게임 속에서도 바보짓만 하고 있다고, 나는 내 머리를 콱콱 때리고 있었다. 나는 실버레인을 보며 항의하듯 말했다.

"…다른 애들이 하나도 없잖아. 다들 어디로 간 거야?"

"다른 애들도 여기저기 숨바꼭질하고 있어. 너도 지금 숨바꼭질하는 거잖아."

그럴 리가 없었다.

어른들은 모두에게 같은 옷을 입혀놓으면 가난이 가려질 거라고 쉽게 생각한다. 똑같은 체육복을 입히고, 학교에서 똑같은 문구류를 지급해 주면 아이들은 모를 거라고. 하지만 아이들은, 그보다 훨씬 더 빨리 '다른 아이'들을 찾아낸다. 필통에서, 신발주머니에서, 똑같은 체육복의 시접에서, 섬유 사이에 퀴퀴하게 배어 있는 어떤 습기와 냄새를 맡아낸다. 양지에서 옷을 말리지 못하고, 성능 좋은 건조기도 사용할 수 없는 이들의 그런 냄새를.

"…있잖아."

"응?"

"어쩌면 너는 여기 오래 있을지도 모르고, 또 잠깐 게임하다가 나갈지도 몰라. 어느 쪽이라도 상관은 없는데…."

"그런데?"

"그런데 혼자 하는 게 더 편할 수도 있지만 말이야, 그래도 친구랑 같이 노는 게 더 재미있어."

"그건 친구 많은 애들이나 하는 말이지."

"그래, 알아. 나도 그래. 하지만 여기서는, 친구와 함께할 때 제일 좋은 것들을 더 많이 찾아낼 수 있거든. 혼자 하는 게 더 편해도, 웬만하면 같이하자. 같이할 사람 없으면 나하고 해도 되고."

그때 내가 뭐라고 대답했더라?

결국 지금까지 이 세계에 죽치고 있는 것을 보면, 그리고 태권과 함께 여기까지 온 걸 보면, 실버레인의 그때 그 말이 결국은 내가 이 세계에서 그다음 일을 끊임없이 생각하게 된 이유였던 것 같았다.

나는 몇 번이나, 실버레인에게 그래서 고마웠다고 말을 하려고 했다. 다른 사람들처럼.

하지만 아무리 말을 골라도, 그 이야기가, 그 감정이 말이 돼 나오지 않았다.

그때 태권이 소리쳤다.

"아, 저기 밑에 좀 봐!"

나는 잠에서 깨어난 듯, 아래를 바라보았다.

소환선은 구름을 뚫고 천천히, 에럴드의 도서관 앞으로 내려앉고 있었다.

*

"아, 여기까지 와주신 분들께 어떻게 설명해야 할지 모르겠는데…"

실버레인드리머는, 마지막으로 보았던 여러 해 전의 모습 그대로 도서관 계단 위에 서 있었다. 누군가가 실버레인 앞에 마이크를 가져다 놓았고, 누군가는 도서관의 계단마다 꽃으로 장식했다. 하늘에는 실버레인에 대한 감사의 인사 메시지들이 계속 떠오르고 있었다.

실버레인은 그 모든 풍경들을 마음에 담으려는 듯 둘러보았다. 그리고 모여든 사람들의 얼굴도 하나하나 그냥 지나치지 않고 바라보았다. 실버레인이 마침내 결심한 듯 입을 열었다.

"저는 평생 병원에 있었어요. 태어났을 때부터 심장이 정상이 아니어서 몇 번이나 수술을 받았어요. 계속 병원에 누워 있어야 했고요."

누군가가 박수를 쳤다. 하지만 누군가는 심각한 표정으로 실버레인을 바라보았다. 나는 어쩔 줄 몰라 하다가 선장을 바라보았다. 선장은 입술을 깨문 채 계단 위를 바라보고 있었다.

"정말 평생 병원 밖에 나가지 못할 거라고 생각했어요. 열 살 때 기계식 심장으로 바꿨다가, 눈을 뜨고 얼마 지나지 않아서 막 베타 테스터를 모집하던 이 세계에 들어왔어요. **노바에 문두스**에 처음 도착했을 때 펼쳐진 풍경이 정말 아름다워서, 죽으면 이런 곳에 가는 거겠구나, 하고 생각했어요. 그래도 살고 싶었어요. 뭐라도 하고 싶은데 눈을 떠도 할 수 있는 게 없어서, 계속 이 세계에 있었어요. 이 세계는 제게 있어 병원 밖의 진짜 세계였고, **실버레인드리머**로서 살아온 게 제 진짜 인생인 것 같아요."

그리고 **실버레인드리머**는 웃었다.

"그래서 전, 이곳에서 제 장례식을 하고 싶었어요. 얼마 전 배양 심장으로 이식을 했는데, 또다시 문제가 생겼어요. 이제는 다른 방법이 없다고 해요. 저는 곧 죽어요."

"농담하지 마!"

누군가가 절규했다. 사람들이 웅성거렸다. 처음, 그 장례식 공지를 보았을 때처럼 다들 혼란에 빠졌다. **실버레인드리머**는 목소리를 가다듬고 다시 말했다.

"알아요. 이 세계에는 죽음 같은 건 없어요. 이쪽 세계의 이별은 그냥 헤드셋을 벗고, 엔트리 디바이스에서 로그아웃하면 끝나요. 여기서 고통이 더 심해지면 존엄사를 선택하게 되겠지만, 제게 이제 남은 시간은 길어야 한 달이에요. 그래서 저는, 의식이 남아 있을 때 한 번 더 사람들을 만나고 싶었어요. 내가 기억하는 사람들과 나를 기억하는 사람들을."

"가지 마!"

가지 말라고요.

죽지 말라고요.

사람들이 소리쳤다. 울었다. 나는 그들이 광기와 절망에 휩쓸려, 저 위의 실버레인에게 덤벼들어 그를 갈가리 찢어놓지 않을까 생각했다. 하지만 사람들은 그러지 않았다. 그들은 눈물을 흘리고, 한 사람씩 줄을 서서 그와 마지막 인사를 나누기 시작했다. 그리고 이미 인사를 마친 사람들은 이 마음이 무너질 것 같은 상황에서, 다들 무언가를 하기 시작했다. 이제 곧 이 세상을 떠나갈, 어쩌면 우리가 리얼 월드와 **노바에 문두스** 세계를 통틀어 처음으로 만났던 '친구'에게, 마지막으로 이 세계의 가장 좋고 아름다운 것들을 보여주기 위해서. 누군가는 사람들이 이 세계에서 머무르는 동안 활동에 필요한 행동력을 채워주고 피로도 줄여주는 아지트를 건설했다. 그리고 나는 그 아지트들 주변에 꽃을 심었다. 이곳에서 꽃이 피는 데는 사흘이 걸리니, 아마도 실버레인은 이 꽃들을 보고 떠날 수 있을 것이다.

태권과 이랑 누나는 줄을 서서, 그에게 마지막 인사를 하고 왔다. 나는 그러지 않았다. 만난다 한들, 내가 무슨 말을 할 수 있을까. 7년 전에 이 세계에 들어왔어요. 당신 덕분에 구원받은 기분이에요. 그리고 그다음에는? 그가 좋은 일로 **노바에 문두스**의 세계를 떠나는 것도 아닌데. 대체 무슨 말로 그를 위로해야 하는 걸까. 지금 만나지 않으면 후회할 거라는 걸 알면서도, 나는 차마 실버레인 앞에 가볼 수가 없었다. 그런 이들은 나뿐만이 아니었는지, 실버레인과 만나는 줄에도 가지 않고 서성이던 우리는 서로 모여 앉아 모닥불을 피우고, 두런두런 이야기를 나눴다.

그리고 사흘이 꼬박 지났다.

실버레인은 이 사랑이 가득한 세계에서, 사람들과 웃고 떠들고 이야기를 나누었다. 그러다가 조금씩, 말을 하지 못하게 되었다. 고통이 심해졌다는 메시지가 떠올랐다. 엔트리 디바이스에서 온전히 로그아웃도 하지 못한 채로, 그는 최후의 고통과 싸우고 있었다.

그때 누군가가 말했다. 마지막까지 살아남는 감각은 청각이라고. 그가 지금 헤드셋을 쓰고 있을까. 우리의 목소리를 들을 수 있을까. 그런 것은 중요하지 않았다. 우리는 기적을 바라듯이, 노래를 부르기 시작했다. 한 사람이 부르다가 쉬어가면 다른 사람이 그 노래 끝을 받아 이어 부르고, 다시 다른 사람이 이어 부르면서.

그리고 어느 순간, **실버레인드리머**는 더는 움직이지 않게 되었다.

"03시 48분."

선장이 중얼거렸다. 그는 천천히 실버레인에게 다가갔다.

그가 손을 들자, 하늘에서 빛줄기가 실버레인 위로 쏟아졌다.

그리고 그 빛줄기가 사라지자, **실버레인드리머**의 모습은 더는 보이지 않게 되었다.

*

그날 오후, 나는 평소보다 더 정성 들여 몸을 씻었다. 세탁한 교복을 다림질해 입고, 머리를 빗었다.

그건 무척 평범한 일이었다. 하지만 리얼 월드에서는 결코 배우지 못한 일이기도 했다. 그런 사소한 단정함들이 없어도 사람은 살 수 있지만, 때때로 사람답게 사는 데는 그런 일들이 꼭 필요했다. 누군가의 죽음을 애도하는 것도 마찬가지다. 사람이 죽고 사는 문제에 신경 쓰지 않고도 살 수 있지만, 사람이 사람답게 살아가려면 타인의 죽음을 기억해야 했다. 나의 가난과 절망이 나를 짓누르고 있는 것은 사실이지만, 어딘가에는 다른 고통과 다른 슬픔이 존재한다는 것 역시 알고 있어야 했다. 사람이 사람답게 살아가려면.

　채비를 마치고 현관에 나서자 엄마의 질문이 날아왔다.

　"어디 가는데?"

　"장례식."

　"누가 죽었는데?"

　"친구가."

　나는 대충 대꾸하며 신발을 신었다. 엄마는 잠시 부엌에 서서, 그런 내 모습을 물끄러미 바라보았다. 그러더니 싱크대 서랍을 뒤져, 꼬깃꼬깃 접힌 만 원짜리 지폐 두 장을 내밀었다.

　"딴 건 몰라도 장례식장에 빈손으로 가는 거 아냐."

　조금 뜻밖이었다. 하지만 엄마는 뭔가 최선을 다하는 듯한 절박한 표정으로 나를 올려다보았다. 그렇구나, 언제부터인가 나는 엄마보다 더 키가 자라 있었다. 그리고 내가 그만큼 자라는 동안, 나는 엄마와 눈을 마주치고 제대로 이야기를 나눠본 적이 없었다.

　"고마워, 엄마. 다녀올게."

　"게임만 하는 줄 알았더니."

　"게임 아니라니까."

　나는 중얼거리며 문을 닫았다. 그리고 계단을 걸어 올라 밖으로 나갔다. 은실처럼 가는 빗방울이 바닥을 치고 있었지만, 찬란한 햇살은 얇은 비구름을 뚫고 새어 나오고 있었다. 마치 오늘 새벽, **노바에 문두스**에서 보았던 빛처럼.

나는 버스를 타고, 다시 지하철로 갈아타고, 게임 회사에서 지원하고 있다는 어린이 병원으로 향했다. 지하철역에서 10분쯤 걸어 올라가자, 커다란 종합병원의 잘 가꾸어진 조경 사이로 알록달록한 게임 캐릭터 동상들이 서 있는 것이 보였다. 나는 그 건물의 밝고 발랄한 정원과 환한 본관을 지나, 그늘진 쪽에 작게 마련된 장례식장으로 향했다.

생각해 보면 만나본 적도, 진짜 이름을 아는 것도 아닌 사이였다. 하지만 왜일까. 그 마지막에 그 도서관 계단을 걸어 올라가, 당신에게 정말 고마웠다고 고백할 용기도 없었으면서 결국 여기까지 와버린 것은. 나는 머뭇거렸다. 그때 누군가가 나를 빤히 바라보는 게 느껴졌다. 나는 고개를 돌렸다. 그리고 곧 깨달았다.

이 작은 장례식장 앞에, 이 학교 저 학교의 교복을 입은 아이들이 여럿 서 있었다. 이제 갓 대학생일까 싶은 누나나 형들도 있었다. 머리 위에 익숙한 이름을 달고 있지 않을 뿐, 우리는 어쩌면 모두 어젯밤 같은 곳에 있었을지도 모른다. 그때 **노바에 문**

두스와 연결된 메신저에 메시지가 들어왔다. 어젯밤 추가한 선장의 아이디였다.

> **그 와중에 안구와 피부 일부를 기증했다지 뭐야.**
> **배양 심장의 문제를 연구하는 데 써달라고. 시신도 연구용으로 기증했고.**

선장의 사촌도, 태어나자마자 심장에 문제가 있다고 했다.

던전의 현자였던 선장, 그리고 게임 회사의 지원을 받아 치료를 받았다는 사촌. 어쩌면 선장은 처음부터 실버레인에 대해 아주 잘 알고 있었는지도 모른다. 지금 여기에, **노바에 문두스** 밖에서, 그의 가족으로서 그의 죽음을 추모하고 있을지도 모른다. 나는 선장의 메시지에 답하는 대신, 폰을 들었다. 그리고 병원의 좁은 뒤뜰에 옹기종기 모여 있는 사람들의 모습을, 얼굴이 정확히 나오지 않게 초점을 흩트려 찍었다. 그리고 잠시 후, 장례식장에서 검은 한복을 입은 지친 표정의 중년 여성이 뛰어나왔다.

나는 태어났을 때부터의 용기를 끌어모아 그에게 다가가 물었다.

"저기… 선장님?"

선장은 흘러내린 안경을 손가락으로 밀어 올리며 나를 바라보았다. 기연가미연가한 듯한 표정이었다. 나는 내 아이디를 댔다. 그러자 화단 곁에 쪼그려 앉아 있던 내 또래의 남자아이가 튀어 오르듯이 일어나 내 팔을 붙잡았다. 그 아이가 손짓을 하자, 저쪽에서 폰을 들여다보고 있던 대학생 누나 한 명이 다가왔다.

그날, 우리 모두 처음으로 서로를 리얼 월드에서 만났다.

우리를 **노바에 문두스**로 이끌어 준, **실버레인드리머**의 장례식장 앞에서.

러브, 페어드

양제열

인간이 무엇인지 궁금해 대학에서 문학과 심리학을 공부했다.
졸업 후에는 전공과 관계없는 일을 하다, 처음 문제의식으로
돌아와 글 쓰는 책상 앞에 앉았다. 사려 깊고 용감한 글,
대답하기보단 질문하는 글을 쓰려고 노력하고 있다. 2020년에
제7회 과학소재 장르문학 단편소설 공모전에서 「침묵만이
들렸다」로 우수상을, To. Anyone 스토리 공모전에서 「러브,
페어드」로 수상했다.

사랑의 기호를 해석하는 자는 필연적으로 거짓말의 해석자다.

— 질 들뢰즈, 『프루스트와 기호들』

나는 딸 루시가 오기를 기다리며 순두부찌개를 끓이고 있다. 다진 마늘을 한 숟가락 넣을까, 두 숟가락 넣을까 고민하다 대담해지기로 마음먹고 두 숟가락을 듬뿍 퍼 넣는다. 고추기름으로 이미 빨개진 순두부찌개에 알싸한 향이 돈다. 새빨간 순두부찌개 옆에는 하얀 순두부가 끓고 있다. 아직 매운 것을 못 먹는 손녀를 위한 이유식이다. 언제 딸과 손녀가 올까, 나는 연신 시계를 들여다본다.

그때, 전화가 온다.

"엄마, I guess I'll be a little late. I'd arrive in 20 minutes anyway(나 조금 늦을 거 같아요. 어쨌든 20분 안에 도착해요)."

딸의 목소리는 다행히 쾌활하고 활기차다. 그래, 원래 저 아이는 태어날 때부터 천성이 밝았었지. 딸아이에게 일어난 수많은 일을 뒤로하고 딸이 예전 모습을 되찾은 것 같아서 마음이 놓인다.

루시가 방금 나를 '엄마'라고 불렀을 때 내 마음 한편에 꽃이 피어나는 것 같았다. '엄마'는 내가 루시에게 물려준 몇 안 되는 한국어 단어다. 루시는 남편에게서 영어를, 내게서 한국어를 배웠지만 나 말고 주변에 한국어를 쓰는 사람이 없어서 한국어는 루시와 나만의 언어가 되었다. 마치 마늘 냄새 나는 매운 순두부찌개가 루시와 나만 먹는 소울푸드가 되었듯이. 그러나 루시가 사춘기에 접어들고, 나와 심하게 다투면서 더는 나를 '엄마'라고 부르지도 한국어를 사용하지도 않았다.

'엄마'는 루시가 세상을 향해 뱉은 첫 단어이기도 하다. 루시는 또래보다 말을 배우는 게 더뎠다. 루시에게 아빠가 하는 언어와 엄마가 하는 언어가 달라서 이 둘을 구별하는 게 헷갈리는 모양이었다. 그러다 12개월쯤 되자 루시는 갑자기 한국어와 영어 단어를 마구잡이로 쏟아내기 시작했다. 엄마, papa(아빠),

맘마, this(이거), 지지, no(싫어)… 엄마로서, 언어학자로서 루시가 언어를 습득하는 과정을 지켜보는 일은 황홀했다. 루시는 맹렬히 단어를 배우고 망설임 없이 활용하고 용감하게 오류를 저지른 다음, 꿋꿋이 다시 배웠다.

남편 데이비드는 연구에 몰두하느라 루시에게 관심을 기울이지 못했다. 누가 데이비드에게 무엇을 연구하느냐고 물으면 그는 '텔레파시'라고 대답했다. 반쯤 농담이었지만, 완전히 틀린 말도 아니었다. 그는 전도유망한 뇌과학자로서 뇌와 뇌를 직접 연결하는 인터페이스를 연구했으니까. 남편이 발명한 뇌-뇌 인터페이스를 아주 간단히 묘사하면 이렇다. 두 명이 짝을 지어 각자 반구형 금속 모자를 쓰면 발신자의 모자가 발신자의 뇌파를 읽어 수신자의 모자로 전송한다. 수신자의 모자는 전송받은 발신자의 뇌파를 해석한 다음, 자기장으로 수신자의 두뇌를 자극해 전송받은 내용을 전달한다. 남편은 뇌-뇌 인터페이스를 통해 인간의 사고思考를 직접 전달할 수 있기를 기대했다.

하지만 실험을 반복하면서 남편과 그의 연구진은 사고를 직접 전송하기가 거의 불가능하다는 사실을 깨달았다. 사람마다 신경계의 발화 패턴이 제각기 달랐고, 무엇보다 발화 패턴과 개념이 일대일로 대응하지 않았기 때문이다. 게다가 사고를 전달하기 위해서라면 언어라는 이미 검증된 수단이 있는데 누가 그 바보 같은 금속 모자를 쓰고 싶어 하겠는가?

그러나 소득이 아예 없진 않았다. 뇌파가 짝지어진 두 피험자는 감정이 동조되었고, 물리적으로 멀리 떨어져 있어도 서로의 실존을 강하게 느꼈다. 남편은 이 결과에 대해 감정은 발화 패턴이 사람마다 비슷해서 전송할 수 있었고, 전송된 뇌파가 수신자의 뇌를 거쳐 발신자에게 되돌아오면서 되먹임 구조가 형성되기 때문인 것 같다고 추론했다. 남편은 이 현상을 감정이 결속되었다고(paired) 표현했다.

*

연구가 마무리될 무렵, 남편은 나를 그의 실험실로 데려가 나와 감정 결속 실험을 했다. 남편으로부터 3, 4미터 떨어진 의자에 앉아 반구형 금속 모자를 쓰고 몇 분이 흘렀을까, 누군가 내 곁에 아주 가까이 있다는 느낌이 밀려들었다.

"이거 당신이야?"

"그래, 나도 당신이 느껴져."

남편의 목소리는 저편에서 들렸지만, 남편은 바로 내 옆에,

아니 **내 안에** 있는 것 같았다.

"당신, 불안해하고 있군."

남편이 말했다.

"그래, 되게 신기하긴 한데 뭐가 뭔지 모르겠어."

"처음엔 다 그래. 나를 그냥 **있는 그대로** 받아들여."

하지만 나는 그를 끝내 있는 그대로 받아들이지 못했다. 남편 말로는 번지 점프를 하듯 자기를 내려놓아야 상대의 감정과 온전히 동조할 수 있다고 했다. 피험자 중 민감도가 지나치게 높은 유형은 이 장치에 잘 적응하지 못한다는 말도 덧붙였다. 남편의 말은 내게 곧이곧대로 들리지 않았다. '민감도가 지나치게 높은 유형'이란 말도 나를 비난하는 말 같았고, 자기를 완전히 내려놓아야 한다는 말도 꺼림직했다.

인간은 언어를 통해 자신의 주체성을 증명하지 않나? 그렇다면 언어를 건너뛰어 감정을 공유하는 감정 동조 장치는 개인의 독립성과 주체성을 위협하지 않을까? 집에 돌아가는 길에 내가 조심스레 이런 의구심을 털어놓자, 그는 내가 아무것도 모르면서 말만 많은 인문학자처럼 군다며 화를 냈다.

남편은 언어를 시대에 뒤떨어진, 비효율적이며 부정확한 도구라고 생각했다. 남편의 주장은 이랬다. '널 사랑해'라는 언어적 표현은 어떤 표정을 짓는지, 어떤 어조를 싣는지에 따라 전혀 다른 의미를 띤다. 그리고 우리는 생각보다 자주 상대방의 표정과 어조를 읽는 데 실패한다. 반면 감정 동조 장치를 사용하면 절대 오해가 생길 일이 없다.

반면 언어학자로서 언어에 대한 나의 믿음은 확고했다. 어쩌면 데이비드에 대한 사랑보다 굳건했는지도 모른다. 우리 인류는 남편의 금속 모자 없이도 지금까지 언어를 충분히 잘 사용하지 않았나?

나는 한국에서 태어나 영문학과에서 언어학을 만났고, 이론 언어학을 좀 더 깊이 공부하기 위해 미국으로 유학 왔다. 그러나 지도 교수에게 슬라브어족에서 문법소의 이동이 남기는 흔적을 주제로 졸업 논문을 쓰고 싶다고 말했을 때, 그는 고개를 저으며 약간은 짜증이 밴 목소리로 내 학위 논문 계획을 반려했다.

"이론 언어학, 특히 통사론은 이제 인기가 없어. 게다가 자네는 슬라브어족 언어 중에서 할 수 있는 언어가 없잖나? 아무리 이론적인 논의여도 언어학적 직관이 없으면 실수하기 마련이지. 그보단 화용론을 주제로 논문을 써보면 어떻겠나?"

그렇게 나는 언어의 내재적 구조를 분석하는 언어학자에서 실제 삶에서 쓰이는 언어를 연구하는 언어학자가 되었다.

나는 데이비드를 커뮤니케이션 학회에서 만났다. 커뮤니케이션 연구는 언어학보다 넓은 관점에서 인간의 의사소통을 다루기 때문에 다양한 학문적 배경을 가진 학자들이 모이기 마련이다. 나는 언어학 세션을 둘러보다가, 뇌과학 세션에서 어떤 뇌과학자가 '자연 언어의 종말(The end of Natural Language)?'이란 제목으로 기조연설을 한다는 것을 발견했다. 다분히 나와 내 동료를 도발하는 제목이었다.

기조연설을 하는 데이비드는 젊고, 당당하고, 매력적이었다. 그는 뇌-뇌 인터페이스를 소개하며 이 반구형 모자가 사고를 전달할 수 있을 거란 희망을 자신만만하게 제시했다. 그리고 뇌-뇌 인터페이스가 대중화되면 자연 언어는 자연히 그 쓰임이 축소되거나 폐지될 것이라고 주장했다. 그가 연설을 마치자마자, 언어학자 참가자들이 일제히 손을 번쩍 들었다.

적에게 포위된 검객이 우아하게 칼을 피하듯, 데이비드는 적

의에 찬 질문을 여유롭게 따돌렸다. 누가 봐도 데이비드의 승리였다.

질문할 기회를 놓친 나는 학회장을 빠져나오는 그를 붙잡았다.

"뇌-뇌 인터페이스가 정말 언어를 대체 가능하다고 믿으시나요?"

그는 내 눈을 가만히 바라보더니 이렇게 말했다.

"근처에 괜찮은 바가 있어요."

화용론이 주장하는 대화 규칙을 깡그리 무시한 대답이었다.

그러나 씩 웃는 그의 장난꾸러기 같은 미소에 나 역시 규칙 따위는 잊고 이렇게 되물었다.

"마티니도 맛있어요?"

"그럼요."

*

남편의 연구는 상업적 잠재력 때문에 큰 주목을 받았다. 무엇보다 감정 동조 장치를 사용했을 때 상대방에 대한 애착이 커진다는 결과가 나와 연인이나 부부의 소원한 관계를 개선할 수 있으리라는 기대를 모았다. 남편은 벤처 기업을 설립해서 직접 사업에 뛰어들었다. 기업 공개를 앞두고 남편은 발표 자료를 준비하면서, 감정 동조 장치를 설명할 수 있는 멋진 비유를 찾아 달라고 했다. 나는 잠시 머릿속을 헤집어 보다 비트겐슈타인의 '딱정벌레가 든 상자'라는 비유를 생각해 냈다. 비트겐슈타인이 던진 질문은 간단하다. 나는 내게 마음이 있다는 것을 직관적으로, 즉각적으로 안다. 그렇다면 타인에게도 나와 똑같은 마음이 있다는 것을 어떻게 아는가? 비트겐슈타인은 **결코 알 수 없다**고 대답했다. 우리는 타인의 행동을 미루어 보고 타인에게도 마음이 있다고 추측할 수 있을 뿐이다. 그러나 이런 추측은 언제나 불완전하다. 마치 내가 가진 상자 안에 딱정벌레가 들어 있다고 해서 타인의 상자에도 똑같은 딱정벌레가 들었다고 결론지을 수 없는 것처럼 말이다. 타인은 마음이 있는 척 행동하는 로봇이나 좀비일 수도 있다. 하지만 감정 동조 장치는 나의 뇌와 타인의 뇌를 직접 연결함으로써 타인에게도 마음이 있음을 직관적으로, 즉각적으로 알게 해준다. 타인의 상자를 열었더니 내 딱정벌레와 똑같이 생긴 큼직한 딱정벌레가 파닥이고 있었고, 내 딱정벌레와 놀기까지 하는 것이다.

그는 만족스러운 표정으로 내가 든 비유와 설명을 음미하더니 비트겐슈타인 운운하는 부분은 빼버리고 딱정벌레 비유를 발표에 써먹었다. 그리고 뚜껑 열린 상자에서 기어 나오는 딱정벌레는 감정 동조 장치의 로고가 되었다.

기업 발표회를 성공적으로 마치고 돌아온 날, 남편은 내게 커다란 선물 상자를 안겼다. 상자를 열어보니 짐작대로 감정 동조 장치가 들어 있었다. 나는 상자를 살짝 밀어냈다.

"나는 당신이 왜 나와 감정 동조를 하지 않으려는지 모르겠어."

"누군가 내 머릿속에 들어오는 게 싫어."

"내가 이걸 만들었다고!"

"데이비드, 난 연구자로서 당신을 존경해. 그리고 당신의 철학은 동의하지 않아도 존중하고. 그러니 당신도 날 존중해 줘."

그날 밤 이후 그는 연구와 사업을 핑계로 외박을 하기 시작했다.

그로부터 몇 개월이 흘렀을까, 짙은 푸른색 어둠이 낮게 깔린 한밤중에 집으로 돌아온 그는 술에 잔뜩 취해 있었다. 그는 내게 이제 막 20대 중반이 된 대학원 여학생과 사랑에 빠졌다고 고백했다. 절대 고의는 아니었다고, 그저 감정 동조 장치의 개선을 위해 실험을 하다가 그 여학생과 애착이 생겨 사랑에 빠졌다고 그는 항변했다. 그리고 내가 감정 동조 장치를 사용하지 않은 것을 비난했다. 그는 사람들이 이 장치를 이용해 더 행복해질 거라고, 자신이 세상을 바꾸고 있다고 했다.

"아니, 당신은 그냥 뻔한 사람이야. 정말 뻔한 사람."

남편은 내 비난에 당황하다 낙담해서 고개를 떨어뜨렸다.

"30분 줄게. 당신 짐을 빠짐없이 챙겨서 나가. 루시를 깨우진 마. 루시에게 이런 꼴을 보이긴 싫지?"

그렇게 그는 내 삶에서 퇴장했다. 매달 날아오는 양육비 지급 수표와 그가 사업에서 승승장구하고 있다는 뉴스를 통해 소식을 접했을 뿐이다. 그는 성공한 기업 CEO가 되었고, 그 어린 대학원생과 재혼했다.

*

나는 루시를 혼자 키웠다. 데이비드가 양육비를 빠뜨리는 일은 없었고, 나도 대학에서 강의를 했기에 돈이 부족하진 않았다. 하지만 루시가 중학교에 들어가면서, 여유 시간이 생기자 그동안 애써 모른 척했던 외로움이 밀려들었다.

이때쯤엔 감정 동조를 하는 것이 마치 섹스처럼 데이트의 필수 요소로 여겨지고 있었다. 나처럼 감정 동조 장치에 거부감을 가지거나 끝내 적응하지 못하는 사람은 소수였고, 그만큼 새로운 사람을 만날 가능성은 희박했다. 이제 중년이 다 된 나이에, 젊은 나이라고는 절대 말할 수 없고, 세월의 흔적이 얼굴에 또렷이 남아서 늙은 부모님을 점점 닮아가는 내가 새로운 사랑이라니 웃기지도 않지. 나는 사랑과 연애는 이제 나와 관계없는 일이라고, 새로운 남자를 만나기는 더 이상 불가능하다고 생각했다. 하지만 외로움은 내 곁을 떠나지 않았다.

루시가 친구 집으로 파자마 파티에 간 어느 밤, 나는 독한 위스키를 온더록스로 한 잔 마시고, 충동적으로 만남 사이트에 가입한 다음 프로필을 작성했다.

'외로운 40대 싱글 여성, 아주 멀리까지 갈 준비가 돼 있어요.'

곧 누군가 내게 말을 걸었다.

"안녕, 달링."

민소매를 입은, 탄탄하고 유연한 근육질 몸매에 갈색 피부, 웃음이 예쁜 남자였다.

달링이라고 불린 적이 너무 오래전이어서 나는 그만 웃음이 났다. 세대와 인종, 그리고 문화적 차이에도 불구하고 그와 나는 얘기가 잘 통했다. 그것만으로 외로움이 충분히 가셔서 대화를 끝내려 했는데, 그가 감정 동조를 제안했다.

"괜찮아요, 달링. 위험하지 않아요."

망설이는 나를 그가 달랬다.

술기운 때문이었을까, 나는 데이비드가 기업 공개 설명회 때 내게 선물했던 감정 동조 장치를 꺼냈다.

"그거 진짜 오래된 건데, 아직 갖고 계시네요, 달링."

내가 꺼낸 감정 동조 장치를 보고 그가 살짝 놀랐다.

다행히 감정 동기화 장치의 초기 버전도 펌웨어를 업데이트하니 인터넷을 통해 감정 동조가 가능했다. 장치가 가동되자마자, 그와 연결된 기분, 그의 넘칠 듯한 기쁨과 낙관이 내게 거세게 밀려들었다. 나의 우울한 기분이 완전히 가시고 그가 너무나 사랑스러워졌다. 아, 이런 기분이었구나. 그날 이후 나는 매일 밤 루시를 재운 후, 그와 메시지를 주고받고 감정 동조를 했다. 가끔은 그와 채팅을 하고 있지 않아도, 그와 연결돼 있지 않아도, 그가 내 곁에 있는 것 같았다.

"어떤 책을 좋아해?"

"『사랑의 언어』라는 책을 좋아해요."

나는 다음 날 당장 『사랑의 언어』라는 책을 전자책으로 내려받아 반나절 만에 다 읽었다. 『사랑의 언어』는 사람마다 사랑을 표현하는 방법이 다른데, 차이를 이해하고 존중해야 한다는 뻔한 연애 상담 책이었다. 나는 이런 책을 좋아하는 그가 순수하다고 생각했다.

"나 그 책 읽었어."

"무슨 책이요?"

"『사랑의 언어』. 나는 사랑을 표현하기 위해 육체의 언어와 감정의 언어를 쓰는 것 같아."

"네, 그렇군요. 달링."

"네 사랑의 언어는 뭐야?"

"음, 저는 영어랑 스페인어 그리고 프랑스어를 조금 해요."

그의 대답이 조금 이상하게 느껴졌지만, 곧바로 그가 바로 옆에 있다는 감각, 그의 기쁨과 애정이 밀려들면서 내 의심은 곧 흩어져 버렸다.

며칠 후 그가 감정 동조 상태에서 내게 뜻밖의 제안을 해왔다.

"마담, 제가 뉴욕에 아파트가 한 채 있는데, 대출금을 갚지 못해서 경매에 넘어갈 것 같아요. 마담이 조금만 도와주시면, **우리** 집을 구해낼 수 있어요. 그리고 그 집에서 **같이** 살아요."

그는 불안해하고 있었다. 그리고 나를 사랑하고 있었다. 나는 그에게 선뜻 1만 달러를 우선 송금했다. 그리고 나는 그가 느끼는 감사함, 행복감, 나에 대한 사랑을 느끼며 밤을 지새웠다. 끝없이 펼쳐진 바닷속을 유영하는 기분이었다.

그게 그의 마지막이었다.

*

사흘 후, 나는 그의 신변이 걱정돼 경찰을 찾아갔다.

"로맨스 스캠입니다. 돈을 얻어냈으니 잠수를 탄 거지요."

경찰은 무성의하게 대답했다.

"하지만 우린 감정 동조를 했어요. 그의 감정이 생생하게 느껴졌는데… 어떻게 거짓일 수 있죠?"

"요즘엔 감정 동조 장치도 해킹할 수 있어요. 발신부를 해킹해서 무조건 긍정적인 감정과 애정을 전송하는 거죠."

아마 그는 『사랑의 언어』를 읽어본 적이 없었을 것이다. 그저 어떤 책을 좋아하냐는 내 질문에 재빨리 검색해서 대답했을 뿐. 평소의 나라면 바로 의심했겠지만, 감정 동조 장치를 쓰고 있어서 도저히 그의 말을 의심할 수 없었다. 그렇게 순수한 사랑의 감정은 처음이었으니까.

나중에 뉴스를 통해 알았지만 이런 수법은 꽤 흔했다. 사람들은 이를 감정 사기, 감정 강간이라고 불렀다. 나는 감정 동조 장치를 버리면서 정신 나간 사람처럼 울었다. 그가 아직 내 곁에 있다는 생생한 느낌과 나 자신을 혐오하는 마음이 동시에 느껴졌다. 그가 내게 전해준 따뜻한 행복감이 불쑥 다시 올라올 때마다, 나는 이 행복감을 몰아내고 혐오해야 한다고 이성적으로 생각했다. 이렇게 나는 내 감정을 의심하고 혐오하는 방법을 배웠다. 마치 데이트 폭력 피해자들이 그러하듯이.

중학생이 된 루시는 친구들은 모두 감정 동조 장치를 사용한다며 자기도 사달라고 조르기 시작했다. 감정 동조 장치는 루시의 용돈으로 사기에 너무 비쌌고, 미성년자가 사용할 땐 보호자의 동의가 필요했다. 나는 루시에게 감정 동조 장치를 허락하지 않았다.

이는 루시가 절대 또래 집단에 들어갈 수 없다는 의미였고, 쓸쓸하고 따돌림받는 청소년기를 보내야 한다는 의미이기도 했다. 이제는 또래 집단에 들어가기 위해서는 감정 동조를 맺어야 한다고 했다. 감정 동조가 된 아이끼리는 친밀도가 높아지므로, 그만큼 그룹에 속하지 않는 아이에게는 무심하고 잔인하게 굴었다.

하루는 루시가 울며 내게 안겼다.

"엄마, 그 아이가 헤어지자면서 제게 나쁜 말을 했어요."

그 아이라면 루시의 남자 친구일 거였다. 루시와 사귀면서 그 아이도 따돌림을 받게 된 모양이었다.

"저보고 나쁜 여자라고, 자길 불행하게 만든다고 했어요. 절 만난 게 너무 후회된대요."

아니다, 그랬을 리 없다. 루시는 지금 내가 그 아이를 나쁘게 생각할까 봐, 실제로 자기가 들었던 말을 순화하고 있다. 그 남자애는 내 딸아이에게 더 심한 말을, 딸아이의 존재를 송두리째 부정하는, 비열하고 상스럽고 부당한 말을 했을 것이다. 나는 늘 딸아이에게 감정 동조 장치처럼 뇌와 뇌를 직접 연결하는 기술은 개인의 독립성을 훼손하고 감정을 조작할 가능성이 있어 위험하다고 경고했지만, 결국 딸아이에게 지울 수 없는 상처를 준 것은 언어였다. 만약 딸과 그 녀석이 감정 동조 장치로 연결되었다면, 그 남자애는 딸이 느끼고 있는 공포심과 아직 남아 있는 애정을 전달받아 그렇게 잔인하게 굴지는 못했을 것이다. 나는 내 품으로 파고든 채 점차 크게 흐느끼는 딸을 안고 그저 딸의 머리칼을 쓰다듬어 줄 뿐이었다. 그리고 처음으로 어쩌면 남편이 옳고 내가 틀렸을지도 모른다고 생각했다.

*

　루시는 대학교에 진학하면서 내 품을 떠났다. 합격한 대학들 중 가장 먼 지역의 대학을 고른 것은 감정 동조 장치조차 받아들이지 않는 고리타분한 나와 자기를 괴롭힌 학교 친구들로부터 도망가기 위함이 아니었을까.

　한편, 내가 출강하고 있는 대학교가 구조 조정을 거치면서 언어학과가 대폭 축소되었고 나도 더 이상 강의를 할 수 없었다. 감정 동조 장치가 대중화되면 자연언어가 축소될 것이라는 데이비드의 예언이 이렇게 실현되었다는 생각에 나는 씁쓸한 감정이 들었다.

　데이비드의 감정 동조 장치는 새 모델을 거듭 출시하면서 승승장구했다. 보안 장치를 강화해서 해킹으로부터 안전해졌고, 이제는 일대일이 아닌 여러 명의 뇌를 한꺼번에 통신하는 데에도 성공했다. 여러 명의 뇌를 한꺼번에 감정 동조를 하는 게 무슨 소용인가 싶지만, 감정이 동조된 팀은 그렇지 않은 팀보다 생산성이 월등하다는 연구 결과가 나오면서 기업들이 앞다투어 다중 감정 동조 장치를 도입하는 중이라고 했다.

　루시가 대학교 3학년이 되었을 때, 루시는 내게 '남자 친구들'

을 소개해 주겠다고 했다.

"남자 친구들이라니?"

혼란스러워하는 내게 루시는 자기가 게임에서 만나 함께 감정 동조를 하던 남자들이라고 설명했다. 그리고 셋이 서로 함께 사랑하게 되었다고 했다.

"그건 너무 이상해! 그게 어떻게 사랑이니?"

나는 즉각적으로 루시에게 혐오감을 내보였다.

"사랑이란 단어를 사전에서 찾아보세요. 엄마는 언어학자잖아요! 거기엔 상대방을 향한 갈망이 사랑의 정의로 나와 있지, 상대를 향한 질투심과 독점하고 싶은 마음은 나와 있지 않아요. 엄마, 제발 사랑의 정의를 보세요. 정의되지 않은 것을 보지 마시고요!"

며칠간 나는 루시의 말을 곱씹고 또 곱씹었다. 그 아이의 말이 맞다. 나는 왜 사랑의 정의는 버려두고 사랑을 정의 내리려는 걸까? 나는 루시에게 루시의 남자 친구들을 화상 전화로 만나고 싶다고 메시지를 보냈다.

영상통화를 수락하자, 모니터에는 잘생긴 청년 둘 사이에 딸이 앉아 있는 모습이 떠올랐다. 딸은 행복하고 충만한 미소를 짓고 있었지만 나는 아직 이 관계가 마뜩잖았다. 그래, 저 녀석들이 장차 내 딸의 남편들이자 내 사위들이란 말이지. 나는 갑자기 두 청년이 서로에게 어떤 사이일지, 점잖은 생각은 아니지만 궁금해졌다. 저 둘은 이성애자들일까? 아니면 이성애자 한 명과 바이섹슈얼? 혹은 바이섹슈얼과 게이 남성? 상상할 수 있는 가능한 조합을 그려보는데 그들이 내 머릿속을 읽은 것 같았다. 두 청년이 싱긋 웃으며 나 보란 듯이 입을 맞췄다. 나는 너털웃음을 터뜨렸다.

*

루시가 도착했다. 남편들은 각자 일이 있어서 루시는 딸 셸리만 데리고 왔다. 딸의 품에 안긴 딸의 딸, 나의 손녀가 나를 보고 웃는다.

저 아이의 아버지는 누구일까? 나는 손녀를 바라보며 생각한다. 손녀의 머리칼은 금빛이 맴돌지만 조금 어두운 톤이어서 더 크면 갈색이 될지도 모른다. 그럼 아버지는 금발의 마이클일까, 아니면 갈색 머리 앨릭스일까? 나는 아직도 이렇게 시대에 뒤떨어진 질문을 하고 있다. 이렇게 고루한 할머니가 나야. 그러니 대학에서도 쫓겨났지. 나는 손녀를 보며 혼잣말을 한다.

끓여놓은 순두부찌개로 식사를 마친 후, 나는 루시에게 내 독단 때문에 네가 상처투성이에 외로운 성장기를 보내게 되었다고 사과의 말을 꺼냈다. 루시는 가만히 고개를 젓는다.

"아니에요, 엄마. 나도 셸리에게 최대한 늦게 감정 동조 장치를 허락할 거예요. 이런 결정을 내린 사람이 저 말고도 아주 많아요. 감정 동조 장치와 함께 커보니까, 그게 그렇게 좋지만은 않다는 걸 깨달은 거죠."

나는 루시의 손을 꼭 잡았다.

이제 10개월이 된 셸리는 옹알이를 시작하고 있다고 했다. 셸리의 모습에서 나는 자연히 루시의 어릴 적 얼굴을 떠올린다. 천진하게 웃는 셸리의 얼굴은 순수한 미소만을 담고 있다. 언어도, 뇌파의 전송도 없지만 명백하고 순수한 행복감이 셸리에게서 퍼져 나와 딸에게 전해진다. 나도 셸리를 보며 활짝 미소를 지었다.

Scene of the Sea

김효인

'어제'가 될 '오늘'의 이야기를 쓰는 것에 목표를 두며 언젠가
찾아올 '내일', 만족스러운 절필을 꿈꾼다. 장편소설 『메리
크리스하우스』, 앤솔러지 『미세먼지』 중 「우주인, 조안」을 썼다.

인간의 기억은 한계가 있다. 오래된 기억일수록, 별것 아닌 기억일수록 더 빠르게 흐릿해진다. 아무리 중요한 일조차도 시간이 지나면 자연스럽게 흐릿해지기 마련이다. 인간의 뇌에서 가장 선명한 기억은 '지금'밖에 없다. 그래서 인간은 '씬Scene'을 개발했다.

나는 '씬'이다. 씬은 인간이 살아가면서 뇌로 전달받는 감각 자극을 데이터로 저장한다. 눈으로 보는 장면, 귀로 듣는 소리, 코로 맡는 냄새, 피부에 닿는 감촉, 그리고 그 순간에 일어나는 신체적인 반응과 감정을 기록하는 것이다. 이렇게 저장된 정보는 인간이 원하면 언제든 뇌로 전달되어 '그때'를 '지금'처럼 생생히 기억할 수 있다. 그러니까 씬은 사용자의 시선과 감정이 반영된 주관적인 기억 데이터를 기반으로 한 기억보조장치 같은 것이다.

씬의 등장으로 인간의 뇌는 장기 기억의 많은 부분을 단기 기억의 영역으로 여기기 시작했다. 인간은 씬을 통해 행복했던 순간들을 몇 번이고 꺼내어 볼 수 있었다. 반대로 다시는 기억하고 싶지 않은 기억은 씬에서 삭제했다. 씬에서 지워진 기억은 그렇지 않은 기억보다 훨씬 더 빠른 속도로 인간의 뇌에서 잊히기 때문에 싫은 기억들을 삭제하는 방법으로 씬을 사용하기도 했다.

항간에는 이러한 변화가 심각한 디지털 치매나 다름없다는 의견도 있었지만 망각은 더 이상 인간이 두려워하는 존재가 아니었다. 오히려 씬을 사용함으로써 뇌의 잠재 능력을 이끌어 낼 수 있다는 의견이 우세했다. 무엇보다 이를 장점으로 여기는 사람들도 많았다.

불행한 기억은 더 이상 누군가의 인생을 좌우하지 않는다. 우리는 그것을 잊고 앞으로 향해 나아가며 좋은 기억을 끌어안으면 그뿐이었다.

D-메리, 그녀의 직업은 일간 도넛 디자이너다. 메리가 그리는 그림은 매일 아침 '오늘의 도넛' 오븐으로 전송되고 도넛 위에 얹어져 사람들의 입 속으로 사라진다. (지금의 인간들은 모두 사진

보다 그림을 더 좋아한다. 무엇이든 기계가 손쉽게 만들어 내는 세상에서 인간은 인간이 창조해 낸 것들에 희소성을 둔다. 시대에 맞춰 어떻게든 새로운 가치를 만들어 내는 것은 인간의 가장 오래된 습성 중 하나다.)

메리는 오늘의 도넛에서 홀수 달을 맡고 있다. 1월, 3월, 5월, 7월, 9월, 11월의 디자인을 그리기 위해 매 짝수 달에 회사에서 지정해 준 여행지로 여행을 떠난다. 그리고 돌아와 여행의 씬데이터를 되돌아보며 한 달 치의 그림을 그린다. 작업이 끝나고 나면 모든 씬데이터를 예외 없이 삭제한다.

무한히 기억하고 추억하는 세상에서 메리는 지나간 시간을 빠르게 잊고 단순히 오늘을 사는 방법을 택했다. 문제는 없다. 내가 모든 것을 알고 있으니까.

나는 D-메리의 '씬'이다. 나는 메리의 삶을 통해 그녀의 모든 것을 기억한다. 메리가 지워낸 모든 일들을 포함하여 나는 메리를 학습하고 그녀가 잊어버렸을 각종 정보를 전달한다. (씬은 대화를 통해 사용자와 소통한다. 정보와 관련된 일들을 하다 보니 자연스레 검색을 통한 설명과 외국어의 동시 통역 같은 다양한 기능을 소화하는 복합 인공지능으로 볼 수 있다.)

메리는 새로운 것들을 좋아한다. 새로운 곳으로 가는 것을 좋아한다. 메리는 똑같은 사람을 세 번 이상 만나는 것을 좋아하지 않는다. 메리는 아침과 점심에 같은 음식을 먹는 것을 좋아하지 않는다. 메리는 보이지 않는 것을 싫어한다. 그래서 수면 시간을 제외하고 눈을 감거나 눈이 가려지는 것을 좋아하지 않는다. 메리는 거짓말을 싫어한다.

나는 메리를 만난 그 순간부터 지금까지의 모든 기록을 가지고 있고 앞으로도 메리의 모든 정보를 끊임없이 저장하고 정리할 것이다. 나는 메리의 어제이자 오늘이며 내일이기도 하다. 나는 메리의 친구이고 가족이면서 동시에 그녀 자신이다.

*

메리의 열두 번째 여행지는 동해 아래에 위치해 울릉도에서 해저 열차를 타고 갈 수 있는 해저 도시 '덤'이었다. (땅이 귀한 나라에 덤으로 만든 국토라 하여 '덤'으로 명명되었다.)

티타늄으로 건설된 돔 모양의 이 도시는 얼마 전부터 투명부리고래를 찾아오는 관광객이 부쩍 늘었다.

하와이 전설에나 등장하는 고래가 멀리 떨어진 울릉도 앞바다에서 유명세를 타게 된 것은 심해를 사랑한 어느 뮤지션의 노래가 그 시작이었다. 한동안 덤의 별장에서 지내던 그가 잠수함을 타고 심해를 여행하던 중, 잠결에 투명한 고래를 본 경험을 바탕으로 노래를 만든 것이다.

노래 〈Whale Loves Jellyfish〉는 해파리의 오묘한 빛에 이끌려 심해로 간 부리고래가 점점 더 투명해졌다는 특이한 가사와 중독성 있는 멜로디로 순식간에 사람들의 입가에서 흥얼거려졌다.

그 관심에 힘입어 대중들 사이로 전설의 투명부리고래가 대한민국 앞바다에 실재하는 것이 아니냐는 이야기가 돌았다. 이에 덤 시티는 '투명부리고래를 사랑한 수중 도시'라는 문구를 내걸고 공격적인 홍보를 시작했고 그 결과는 성공적이었다.

그 때문에 이번의 도넛 디자인 콘셉트 여행지가 덤으로 정해지고 나서 요청은 단 한 가지였다. 반드시 투명부리고래가 디자인에 들어갈 것.

업무가 주어진 날, 검색으로 찾아낸 투명부리고래의 사진들은 모두 가지각색인 데다 흐릿하게 찍혀 있어 도무지 형태를 알아볼 수 없었다.

"전설 속에나 있는 고래를 그리는 것은 어려울 것 같습니다. 어차피 볼 수 없을 텐데 검색한 이미지를 보고 그림을 그릴 거라면 굳이 여행을 다닐 필요가 있을까 하는 생각이 들고요."

그런 메리의 의견에도 본사의 요청은 달라지지 않았다. 메리도 더는 반박하지 않았다. 메리의 업무는 비교적 특별한 조건이나 제재가 없는 편이지만 도넛 디자이너의 계약 조건에도 모든 노사 관계가 지닌 갑과 을의 의무 같은 것이 있었다.

여느 여행들과 같이 쉽게 사라져 버릴 여행이 될 것이라 생각했었다.

하지만 덤에서 메리의 일정은 마지막 여행지만 남겨두고 있는 지금, 돌이켜 보면, 덤으로 들어섰던 처음 그 만남부터 조금은 특별했다.

Scene-2056-2-7, 14:10_ 덤 스테이션 플랫폼

메리 핑크색이요?

조 네. 핑크색 셔츠를 입고 있는데 안 보이세요? 아. 잠시만요.
제가 찾은 것 같아요.
그쪽으로 갈게요.

플랫폼, 지금 막 도착한 사람들이 각자의 짐을 들고 점점 빠르게 흩어진다. 그 사이로 오랜만에 친구라도 만난 듯 팔을 뻗어 흔들며 메리를 향해 달려오는 조의 모습이 시야로 들어온다.

같이 손을 흔들어야 하나, 고개를 꾸벅여야 하나, 메리는 잠시 머뭇
거리다 이내 양손을 코트 주머니에 집어넣는다.

조   메리 님?

무릎을 짚고 가쁜 숨을 내쉬는 조가 메리의 이름을 확인한다.
부스스한 머리칼을 흔들며 까무잡잡한 얼굴이 고개를 든다.

조   안녕하세요. 이번에 가이드를 맡은 조입니다.
메리   잘 부탁드립니다.
조   (일어나 메리의 옷을 보고) 밖은 아직 춥죠? 일단 숙소로 가
           시죠.
           옷을 갈아입고 시티로 넘어가는 게 좋겠네요.
메리   네.

아주 이질적인 만남이었다. 그때 메리는 갈색 모직 겨울 코트

에 머플러를 두른 채로 핑크색 하와이안 셔츠에 카키색 반바지
를 입은 남자와 수심 70미터 아래 바닷속에서 마주 서 있었다.

본사에서 고용한 가이드였다. 인간 가이드는 거의 사라진 직
업임에도 불구하고 덤에서는 꼭 필요한 존재였다. 특히 심해
잠수함은 전자동임에도 불구하고 면허가 있는 가이드를 반드
시 동반해야 했다. 이렇듯 적응하지 못한 낯선 환경에 놓이는
인간들은 정확한 정보보다 심적 불안감을 해소해 줄 동족의 인
간을 찾는다.

**Scene-2056-2-7, 14:43_ 고리관에서 시티관으로 이어진 레일
위 전자동차 안**

빠르게 달리는 전자동차 안, 차창 밖으로 또 한 겹의 고리관 유리가
보인다. 유리관 사방으로 둘러싼 바닷속을 메리가 내다보고 있다.
그사이 메리는 얇은 셔츠와 바지로 갈아입었다.

조   대한민국 동해, 울릉도 인근 바닷속에 위치한 해저 도시.
               국토가 좁은 대한민국의 덤으로 만든 땅이라 하여 덤이라

불리는 이곳, 덤에 오신 것을 환영합니다. 덤은 돔형의 시티관과 그 주변을 두르고 있는 고리관으로 이루어져 있습니다. 바닷속에 파묻힌 토성 같다고 해서 잠수토성이라는 별명을 가지고 있죠. 지금 계신 고리관은 보시다시피 통유리로 돼 있어 바다의 모습을 그대로 관찰할 수 있습니다. 이곳에는 육지로부터 이어지는 해저 열차의 플랫폼과 관광객들을 위한 호텔이 위치합니다. 그리고 지금 들어가고 있는 둥근 돔. 저곳이 바로 덤의 본관, 시티관입니다.

전자동차가 레일을 따라 시티관으로 이어진 터널로 들어간다. 고리 지역과는 다르게 LED 천장으로 만들어진 인공 하늘이 푸르다. 메리가 시선을 위로 들어 올린다. 시티관 외벽에 다른 층으로 이어지는 나선형의 레일, 그 위로 오가는 전자동차가 보인다.

조   시티관의 다섯 개 층은 푸른색의 이름을 따서 지었으며 각 층별로 테마를 가지고 있습니다. 가장 상층인 5층 '담청'에는 카지노와 쇼핑센터가, 4층 '청현'에는 특별 공급으로 이루어진 별장 및 주거 지역이, 3층 '숙람'에는 은행과 병원, 필수 관공서들이 위치해 있습니다. 그 아래로 2층

감청에는 이 도시의 가장 사랑받는 관광지인 인공 해변이

자리 잡고 있으며, 마지막 1층 '야암夜巖'은 관광 잠수함들

이 도킹되는 잠수함 터미널이 있습니다.

길어지는 설명에 메리의 귀에 조의 소리가 점점 작아진다.

거리에는 작은 건물 높이만 한 야자수의 나뭇잎들이 한들거린다.

메리가 세워진 차 창문을 내려 손을 밖으로 살짝 내놓는다.

살랑이는 바람결이 손끝에 와닿는다.

조   인공 기후 조절 기능이 있어요. 비와 눈은 내리진 않지만

        자연 바람이 만들어집니다. 답답함을 느끼지 않게요.

메리의 시선은 여전히 밖을 향하고 있지만 다시 귓가에 조의 목소리

가 들려온다.

조   궁금하신 점 있으시면 언제든 바로바로 물어보세요.

메리   네.

조   오늘의 도넛 디자이너라고 하시던데.

메리가 고개를 가볍게 끄덕인다.

조   (신난 목소리로) 저도 정기 회원이에요. 이번 시리즈가 발해
        화석이던데요. 오늘도 신기한 뼈 그림이 들어 있던데.

메리   아 그건 제가 디자인한 게 아니라 저는 잘 몰라요. 저는
        홀수 달을 그리거든요.

메리의 말에 조가 '아' 하고 소리 없이 입 모양으로 수긍한다.

조   어? 그럼 작년 11월에 캐나다 케이프브레턴섬에 단풍 시
        리즈를 그리셨겠네요.

메리   11월이면 아마도요.

조   그 첫날 그림이 커다란 푸른 숲 부감이었잖아요. 중간에
        한 번 단풍이었다가 마지막에 잎이 다 떨어진 숲 부감이
        요. 제가 가장 좋아하는 그림이에요.

메리   그걸 다 기억하세요?

조   오늘의 도넛을 모으거든요. 아침 7시에 오븐에서 그림이
        그려지는 순간에요.

메리   (줄곧 창밖에만 시선을 두던 얼굴을 조에게 돌리며) 왜요?

조	취미예요. 수집.
메리	(이해할 수 없다는 얼굴로) 특이하시네요.
조	오신다는 이야기 듣고 엄청 반가웠는데. 연예인 보는 느낌이네요. 혹시 이제껏 갔던 여행지 중에서, 아니 그렸던 것들 중에서 뭐가 가장 마음에 들었는지 물어봐도 돼요?
메리	(난감한 얼굴로) 아. 사실 저는 잘 기억나지 않아요. 작업이 끝나면 데이터를 다 지워서요.

시끄러운 사람. 그날 밤, 메리는 조의 첫인상에 대해 그렇게 말했었다. 말을 하는 건 조의 업무지만 메리는 말이 많은 사람을 좋아하지 않는다. 특히나 그 말이 메리 자신에 대한 것이라면 더더욱 그랬다. 메리는 자신을 알고 싶어 하는 사람을 싫어한다. 반대로 누군가를 필요 이상으로 알게 되는 것도 좋아하지 않는다.

하지만 그때까지만 해도 나는 조를 특별히 분석하거나 기록하지 않았다. (나는 메리가 싫어하는 것들을 차단 키워드로 만드는 작업을 한다.) 메리 역시 그를 크게 신경 쓰지 않았다.

이 여행을 끝내고 돌아가면 언제나 그랬듯 모든 것들은 리셋

될 일이었다. 메리가 나에게서 이번 여행을 지우고 나면 메리의 머릿속에서도 금세 흐릿해져 조가 어떻게 생겼는지, 왜 비호감이었는지도 금세 잊힐 것이었다. 그렇게 여겼다.

덤에 도착하고 일주일이 지난 이 시점에서 한 가지 이상한 일이 일어났다. 메리와 조 사이에 알 수 없는 관계가 형성되었다. 나로서는 도저히 납득이 가지 않는 일이었다. 메리는 지난 2년간 총 11번의 여행 중에서 헬기를 이용해야 하거나 오지 투어를 할 때 몇 번 전용 드라이버를 고용한 적이 있었으나 한 번도 이런 경우는 없었다.

둘의 사이는 메리가 조의 성이 A라는 걸 알게 되면서 달라졌다.

2056년 현재 사람들은 알파벳 한 글자가 부여된 네임코드를 사용한다. 동시통역 기능이 생겨나면서 전 세계 국가의 행정 업무가 하나로 통합되었고, 세계인이 마치 한 국가의 사람인 것처럼 통일된 형태의 네임코드를 부여받았다. 처음에는 행정 업무를 위해 사용하기 시작한 이 네임코드를 사람들이 더 편리하다고 느끼기 시작하면서, 정작 이름이 있음에도 어느샌가 네임코드를 이름처럼 익숙하게 사용했다.

네임코드는 알파벳 B~Z 중 하나로, 부모 중 한 사람의 것을 따라 부여되었다. 한번 선택한 네임코드는 변경이 불가했다.

A는 예외다. A는 각 국가 기관만이 쓸 수 있다. A가 붙은 네임코드는 국가가 보호하는 아이들, 즉, 부모가 없는 아이들을 뜻한다. A 네임코드를 가진 아이들은 성인이 되면 다른 B부터 Z까지의 알파벳 중 하나를 직접 선택할 수 있었다. 그러나 조는 A-조였다.

"씬. 그 사람 말이야. 진짜 특이한 사람이야."

메리가 낮에 감청의 해변에서 조와 대화하던 씬데이터를 다시 돌려보며 말했다.

"조에 대해 이야기하는 거지?"

"이상해."

"신경이 쓰여?"

"불편해. 싫은 것 같아."

"그렇구나. 여행이 끝나고 영상을 지울 때 차단 키워드에 추가할까? 조."

"응. 그렇게 해줘."

"알겠어."

Scene-2056-2-11-15:29 물안 해변

인공 하늘이 쨍한 파란색을 하고 있다. 잔디밭에서 백색 모래사장을 지나면 다다르는 소다색 바다가 용도에 따라 어느 곳은 잔잔하게, 어느 곳은 커다랗게 파도가 치고 있다. 잔잔한 파도가 이는 물가엔 형형색색의 튜브를 낀 아이들이 둥둥 떠다니고 수심이 더 깊은 곳에는 카누를 타는 사람들이 곳곳 보인다. 커다란 파도 쪽에는 단연 서핑족들이 가득하다.

그 커다란 풍경이 한눈에 내려다보이는 카페테라스에 메리와 조가 앉아 있다.
'-바다 안의 바다-' 메리가 메모한다.

조   바다 안에 바다가 있다는 게 신기하죠? 제주 세화 해변을 보고 만들었대요.

메리   글쎄요. 세화 해변에서 이런 날씨를 자주 볼 수 없을 것 같은데…(추가)

조   이 해변 어때요?

메리   화려한 것 같아요.

조	평이 딱히 칭찬 같지는 않네요. 덤 안에서 가장 사랑받는 장소인데.
메리	설탕을 잔뜩 뿌린 자두 맛 사탕같이 머리가 띵하게 단 느낌이에요.
조	편안하고 안전한 바다잖아요. 계절도 달라지지 않고 파도도 달라지지 않고. 다른 층들과 달리 밤도 오지 않아요. 해파리한테 쏘일 일도, 뜨거운 햇볕에 화상을 입을 일도 없고 태풍이 오지도 않죠.
메리	세상은 너무 다 인간 마음대로예요. 나도 인간이지만.

"A-조 메뉴 나왔습니다!" 가게 안에서 조를 부른다. 조의 이름을 듣고 메리는 놀라 고개를 돌린다.

잠시 후, 조가 열대과일 주스 두 잔이 화려하게 담긴 쟁반을 들고 메리 옆으로 와 앉는다. 메리는 말없이 주스를 받아 들어 눈에 담는다. 그러다 대뜸 조에게 질문한다.

메리	(주스에 눈을 떼지 않으며) 성을… 왜 안 바꿔요?
조	네?
메리	아니. 궁금해서요. 보통 바꾸지 않나. 난 스무 살 되자마

자 바꿨는데.

조   (잠깐 생각하는 듯싶더니 이내) 왜 D를 골랐어요?

메리   그냥 D가 가장 적은 성이라고 해서요. 뭐로 바꾸든 그건
        상관없었어요. A를 바꾸는 게 중요했으니까.

조   난 좋아요. A.

메리   뭐가 좋아요? 뿌리가 없는 불안한 사람이라는 낙인 같잖
        아요.

조   뿌리가 없다… 그렇죠. 뿌리가 없네요. 그래서 자유로운
        사람이 된 거 아닐까요?
        우리가.

메리가 말없이 조를 본다.

조   메리 님의 그림이 편견 없이 자유로워 보이는 게 어쩌면
        그 때문일지도 모르겠네요.

메리   (당황한 듯) 글쎄요.

메리가 불편하다는 듯 다시 바다 쪽으로 고개를 돌려버린다. 조는
그런 메리가 재밌다는 듯 나와 있는 주스를 마신다.

조   여기가 영 마음에 안 드나 보네요. 그럼 여긴 도넛에 오
         르는 영광을 못 누릴까요?

메리   뭐. 색이 많아서 그림 그리기에는 좋겠지만. 변화가 없다
         는 게 좋은 건지 잘 모르겠어요. 매일 똑같은 날씨, 매번
         똑같은 파도는 질리지 않을까요?

조   변화가 아예 없지는 않죠.

풍경을 담던 메리의 시선이 조에게 향하자 조는 바다에 놓고 있는
어린아이를 가리킨다.
부모님의 무릎 아래로 찰랑거리는 파도에 웃으며 뛰어들고 나오길
반복한다.

조   저기 저 아이가 몇 년 뒤 여기를 또 오게 된다면 손 한 뼘
         정도는 더 컸겠죠? 그럼 저 아이에겐 더 이상 똑같은 바
         다는 아닐 거예요. 얕은 파도에 저렇게 웃지는 않겠죠. 저
         파도에 행복할 수 있는 건 지금의 저 아이밖에 없잖아요.

메리가 아이를 보며 표정이 조금 풀어진다.

조   (장난스레 메리를 따라 하며) 이렇게 팍팍한 표정으로 이리저
리 풍경을 담는 메리 님도 지금이 유일할걸요.

조의 놀림에 메리가 다시 인상을 쓴다.

그날, 해변에서 조는 메리에게 보사노바 음악을 틀어줬다. 느
긋한 마음을 더 느긋하게 만들어 준다면서. 메리는 별 효과가
없다고 말을 했지만 긴장돼 있던 시야의 속도가 조금 느려졌다.

호텔에 도착해 그날의 씬데이터들을 확인하며 가볍게 그려둔
메리의 스케치에는 3장의 파도 그림이 있었고 그중 하나에는
파도에 뛰어들던 아이의 모습이 담겼다.

이후의 여행 역시 비슷한 흐름이었다. 특별한 것은 없었다.
메리는 조와 함께 덤의 모든 층을 여행했고 두 사람은 아침이
되면 호텔 입구에서 만나 익숙해진 층 사이의 레일을 지났다.
메리가 도시를 눈에 담기 시작하면 조는 느려진 메리의 걸음에
맞춰 나란히 걸었고 메리의 시선이 오래 머무는 곳에 서서 설
명했다.

Scene-2056-2-13, 14:10_ 고리관 밖 야외 수중 산호공원

정오를 넘긴 밝은 시간, 바다가 파랗다. 알록달록한 산호의 군락이
선명히 보인다. 그 사이로 각종 열대어들이 빠르게 움직인다.
잠수복을 입은 메리와 조가 서로에게 연결돼 있다. 물속을 둥둥 떠
다니며 공원을 둘러본다. 메리가 산호를 천천히 눈에 담는다.
한쪽에는 다른 가이드가 자신의 관광객들을 향해 무언가를 설명한
다. 조가 메리를 쳐다보더니 이내 장난스러운 표정으로 주파수 다이
얼을 돌리자 다른 가이드가 설명하는 소리가 들려온다.

가이드   지금 보이는 조경은 이 도시가 계획될 때 함께 만들어진
인공 공원입니다. 보고 계신 산호는 충분한 햇빛이 닿는
수심 30미터에서 군락을 이루는 종이라 이렇게 깊은 바다
에서 살아가는 것은 불가능했습니다만, 지금은 심해 산호
와의 유전자 결합으로 빛이 없어도 이렇게 깊은 바다에서
볼 수 있게 되었습니다.

조가 사람들을 사이에서 메리를 이끌고 나온다.

조   메리 님. 잠깐. 우리 저쪽으로 가시죠. 보여드릴 게 있어요.

조와 메리는 산호공원에서 살짝 벗어난 바다 한가운데로 간다.

조   이곳이 바로 덤 시티 총괄 디자이너가 처음 설계를 위해
        방문했을 때 섰던 자리입니다. 바로 이곳에서 시티관의 다
        섯 개 층 이름을 지었다고 해요. 천천히 고개를 들어 위를
        봐보실래요? 그리고 천천히 아래로 내려다볼게요.

조의 지시에 따라 메리가 고개를 들어 하늘은 본다. 저 멀리 연한
푸른빛이 보인다.
그리고 고개를 천천히 내리자 파란색이 점점 짙어진다.

조   수면 위의 빛이 강하게 보이는 저 위를 담청, 그리고 그
        아래 청현, 정면을 숙람, 고개를 살짝 숙이면 감청, 그리고
        저 아래 아득한 야암까지 이 한자리에 서서 모든 색을 볼
        수 있었거든요.
메리   신기하네요. 분명 똑같은 물속인데. 이렇게 맑은 날씨가
        아니면 볼 수 없겠어요.

조   어차피 디자이너가 서 있던 그날의 색과 지금 메리 님이
        보시는 색은 달라요. 그때는 여름이었고 지금은 봄이니까
        요. 바다는 계절마다 날씨마다 색이 달라져요.

메리   그럼 저도 진짜 제대로 된 색을 보고 있지는 않은 거네요.

조   아뇨. 제대로 보고 계신 겁니다. 이게 바로 디자이너의 의
        도였거든요. 그 디자이너가 원래 섬유 염색을 하던 사람이
        었어요. 한국 전통 염색에서는 쪽빛을, 그러니까 푸른색이
        라는 게 사실은 채도로 정할 수 없는 색으로 본다 하더라
        고요. 똑같은 색도 어떤 방식으로 어떤 날씨에 말리느냐에
        따라 색이 달라진다고 해서요. 그러니까 사실 세상에는 수
        만 가지의 담청, 수만 가지의 숙람이 있다고 볼 수 있습니
        다. 즉 메리 님이 보는 푸른색은 지금에 맞는 푸름인 거죠.

조의 말에 메리가 다시 고개를 들어 올린 뒤 천천히 내려다본다.

어느 순간부터 메리의 귀에 조의 말이 흐려지지 않았다. 두
사람의 대화는 점점 길어졌다.

박물관과 미술관에서 나란히 걸었고 인파가 많은 쇼핑몰이나

카지노에서는 틈틈이 눈으로 서로를 찾았다. 누군가 메리의 이름을 부르면 조는 메리와 함께 고개를 돌렸다.

조는 자신이 좋아하는 덤의 모습들을 메리에게 소개했다. 조는 청현에 있는 온실 속 맹그로브 나무 군락 앞에 서 있는 것을 제일 좋아한다고 했다. 하루는 메리에게 덤에서 가장 맑은 공기를 마시게 해주겠다며 관광객이 없는 시간에 그 앞에서 한참 서 있도록 했다. 조는 오늘의 도넛이 구워지는 장면과 포케의 재료들이 합쳐지는 장면을 수집했다. 일주일에 두세 번은 반드시 덤에 하나뿐인 포케 가게로 가서 매번 새로운 조합을 먹기 위해 노력한다고 했다. 메리와 함께 갔을 때는 참치+소금+그린빈+김의 조합을 골랐다. 메리는 그 조합이 분명 맛없을 것이라 확신하면서도 색은 마음에 든다며 눈에 담았다.

일정을 마치고 호텔로 돌아온 메리의 검색창에는 '보사노바'를 시작으로 '포케', '맹그로브' 같은 낯선 키워드들이 계속해서 늘어났다.

*

그리고 지금, 메리는 덤에서의 마지막 일정만을 남겨두고 있다. 잠수함을 타고 심해로 가는 것.

메리는 작은 짐을 꾸려 덤의 가장 아래층, 야암으로 향했다.

"씬. 생각보다 어둡지 않네."

메리가 오랜만에 나에게 말을 걸어왔다.

"어두울 거라고 생각했어?"

"응. '밤의 바위 색'이라고 해서 엄청 어두울 줄 알았는데."

메리는 조와 수중 산책을 다녀온 이후로 층 이름에 관심을 가졌다.

"다른 층들보다 명도가 낮기는 해. 구성하는 색의 가짓수도 적고. 톤으로 보면 세 가지 정도의 색으로 이루어졌어. 회색이나 파란색 계열이라 아마 더 차가운 느낌이기는 한데."

내가 터미널에 대한 시각적 분석을 하자 메리가 고개를 끄덕였다. 디자이너인 메리에게 시각과 관련된 것은 중요하니까, 나와 메리는 주로 보이는 모든 것들에 대해 이야기를 나눈다.

"다들 무료해 보여."

이번엔 메리의 시선으로 각자의 목적지가 적힌 도킹 구역 앞 줄줄이 늘어진 벤치에 앉아 잠수함 탑승을 기다리는 사람들이 들어왔다.

"원래 터미널이라는 곳이 지루함과 설렘이 공존하는 공간이잖아."

과거 다른 여행지에서 메리가 했던 말을 인용해 내가 대답했다.

"맞아."

터미널의 내부를 메리가 빠르게 둘러보는 사이, 옆자리에 앉아 있던 조는 자신의 큰 배낭 안에서 무언가를 꺼내 메리 앞으로 내보였다.

메리의 데이터에 없던 것이었으므로 나는 서둘러 그 커다란 구슬 같은 것을 검색했다.

그 구슬은 한 전자 회사의 어항으로, 수중 생물을 채집할 때 쓰는 채집 기구의 일종이었다. 그 뒤 이어서 조가 내민 어항 안을 헤엄치는 작은 생물도 확인했다. 귤문어. 주로 동해 인근 깊은 심해에서 서식하는 우무문어과. 성체가 15센티미터 남짓으로 머리 위에 귀처럼 달린 지느러미로 헤엄을 친다. 둥근 모양에 귤색을 하고 있어 귤문어라는 애칭이 곧 이름이 되었다. 심해 서식종으로 수심 1000미터 아래에서 살기 때문에 인간에게 알려진 지는 얼마 되지 않았다.

메리는 귤문어로부터 시선을 떼지 못했다. 하지만 귤문어에 관해서 메모하지는 않았다. 어항에 대해서, 귤문어에 대해서도 묻지 않았다. 나는 준비해 놓은 자료를 정리하며 대기했다. 메리가 먼저 말을 걸지 않는 한 나는 대화를 시작할 수 없다.

"마치 꼭 탁구공이 치마를 입은 것 같네요."

메리는 조를 향해 말했다.

"잡았어요?"

"어제저녁에 산책하다 발견했어요. 심해에 사는 어종인데 어디 잠수함에 딸려 올라온 건지. 어떻게 왔는지 모르겠어요."

조가 어항 표면을 손가락으로 통통 두드렸다.

"이렇게 두면 죽지 않아요?"

"아마 그대로 두면 더 빨리 죽었을걸요."

"이제 어떡해요?"

"저 하찮은 귀로 수영해서 심해까지 가기는 글렀고. 우리가 심해에 갈 거니까 데려다주면 어떨까 해서. 가서 풀어주려고 일단 담아뒀어요."

"밥은 안 줘도 돼요?"

"좀 애매해요. 플랑크톤 먹는 애들인데… 약해 보이지만 또 무시할 생명력은 아니거든요. 그 수압을 버티면서 빛도, 먹을 것도 없는 곳에서 사는 애들이니까."

'동해 잠수함 37편 미리내행을 탑승하실 D-메리.'

멀리서 갑자기 들려온 안내 방송에 조가 일어났다. 메리는 어디선가 자신의 이름을 호명하면 자신보다도 조가 먼저 반사적으로 움직이는 것에 익숙해졌다.

창구에서 전달 사항을 확인한 조가 메리를 향해 헐레벌떡 달려왔다.

"메리 님. 우리 일단 좀 뛰어야 할 것 같아요."

조는 두 사람의 가방을 덥석 집어 들고는 메리에게 말했다.

"출발까지 시간 좀 남았잖아요?"

당황한 메리가 영문도 모른 채 조를 따라 움직이며 물었다.

"잠수함이 연착되면서 탑승구가 바뀌었나 봐요. 곧 출발이니 서둘러야 해요! 일단 내 뒤만 보고 달려요."

조는 사람들 사이를 빠르게 치고 나갔다. 메리도 정신없이 조의 뒤를 따라 달렸다.

'동해 잠수함 37편 미리내행 탑승이 잠시 후 마감합니다. 아직 탑승하지 못한 승객께서는 서둘러 7번 게이트로 와주시기 바랍니다.'

안내 방송에 두 사람의 발걸음이 더 빨라졌다.

"잠깐!"

앞서가던 조가 저 멀리 승무원들을 향해 손을 흔들었다.

"아직! 아직이요!"

문 앞에 먼저 도착한 조가 메리를 향해 손을 뻗었다. 문을 붙잡고 서서 메리에게 손짓하는 그를 향해 메리가 달렸다. 오늘 조와 메리는 잠수함을 타고 잠시간 덤을 떠난다. 그들의 마지막 목적지는 어둠에 잠긴 깊은 바다다.

*

잠수함 안은 인위적으로 화려했다. 칸막이가 쳐진 객실은 붉은 계열의 가구들과 금색의 휘어진 장식들이 특징이었다. 이미지로 따지자면 회전목마의 마차와 유사했다.

"생각보다 잠수함이 크네요."

"100명이 넘는 사람을 태울 수 있어요. 다만 너무 커서 수심 500미터에 있는 휴게소까지만 이동할 수 있죠. 그곳에 도착하고 나면 사람들은 거기 정박된 각자의 개인 잠수함을 타고 각자의 목적지로 움직여요. 우리도 그곳에서 심해로 이동할 거고요. 메리 님의 여행에서 가장 중요한 일정이 남아 있잖아요. 투명부리고래."

조는 문제의 노래를 만든 뮤지션이 자주 가는 지역을 덤에 있는 가이드들에게 수소문을 좀 해 왔다며 비밀 이야기를 하듯 목소리를 한껏 낮춰 말했다. 메리도 그에 맞춰 작은 목소리로 속삭였다.

"그 사람 정말 봤을까요? 투명부리고래."

"글쎄요. 확실한 것은 사람들이 믿고 싶어 한다는 거예요. 처음에 덤이 생겼을 때는 사실 심해에 가고 싶어 하는 사람이 많지 않았거든요. 심해는 깜깜하고 무섭잖아요. 그런데 투명부리고래 이야기가 나오고는 상황이 완전 달라졌어요. 지금 이 잠수함에도 사람이 가득하잖아요."

조가 방금 전 수많은 사람이 줄지어 지나갔던 복도를 가리키며 말했다.

"사실 난 이해가 잘 안돼요. 확실하지도 않은 걸 다들 왜 믿고 보고 싶어 하는지."

"어차피 우리가 알고 있는 바다가 전체 바다의 80퍼센트도 되지 않아요. 지금 우리가 가는 곳도 거의 심해의 입구 정도밖에 안 되는 깊이예요."

"있을 수도 있겠지만 그런 건 사실 나한테는 의미가 없어요. 어찌 됐든 보지 못할 확률이 높잖아요."

"못 보게 되면 어떻게 할 거예요?"

"그러게. 답이 없네요. 여행에서 본 것들을 그리는 게 내 일인데 보지도 못한 걸, 있지도 않을 걸 그리는 건 이상하잖아요."

메리가 잠수함 창문 옆으로 굴러가는 공기 방울들을 눈에 담았다. 틈틈이 지나가는 물고기도 작은 것들 하나하나 놓치지 않으려고 노력했다.

"어떻게 시작했어요? 도넛 디자이너."

"사람들이 모두 새로운 것을 좋아하니까."

"도넛 디자이너가 필요한 이유 말고 메리 님이 이 일을 계속하는 이유는 없어요?"

조가 조금은 진지한 어투로 메리에게 질문했다.

"내가 이 일을 하는 이유는…"

메리는 잠시 뜸을 들였다.

"여행을 가면 리셋이 되잖아요. 새로운 곳에 가면 새로운 사람이 되는 거죠. 그리고 어쨌든 어딘가 갈 곳이 있다는 건 좋으니까요."

메리가 남에게 자신의 이야기를 하는 것이 어색한지 빠르게 대답했다.

"가이드님은 왜 가이드를 하는데요?"

이번엔 메리가 조에게 질문했다.

"가이드라는 직업이 거의 사라지고 있잖아요. 다른 곳과 달리 특이하게도 덤은 가이드가 전부 사람인데. 그렇죠? 사실 잠수함은 자동으로 가는데 심해 잠수함은 운전면허를 가진 사람이 동행해야 하는 것도 궁금했어요."

"그동안 저랑 다니시면서 생각보다 의문점이 많으셨나 보네요."

봇물처럼 터져 나오는 메리의 질문에 조가 웃었다.

"사람들이 불안해서예요. 지자체에서는 새로 생긴 도시이고 심지어 바닷속이다 보니 기본적으로 관리자들과 가이드들을 사람으로 둬야 관광객들이 안심하고 올 수 있을 거라 판단했대요. 한동안 달에 가는 여행 일정에서도 여행사 직원들이 한 명씩은 꼭 동반해야 했던 거 알아요? 심해 잠수함도 비슷한 이유에서인데, 안전성이 다 검증되었다고 해도 여전히 심해는 위험하다는 인식이 남아 있으니까요. 실제로 위험하니까. 비상사태의 대처 방식을 배운 사람들이 함께하는 게 여러모로 안전하죠."

"그럼… 인질 같은 건가…"

메리가 조를 보며 말했다.

"그런 효과도 없다고는 할 수 없죠."

이번엔 조가 소리 내어 웃으며 대답했다.

"하지만 사람을 믿는다는 이유도 있겠죠. 사람은 사람이 완벽하지 않다는 걸 알면서도 사람에게 의지하거든요."

완벽하지 않은 존재에게 의지한다니. 나로서는 이해하기 어려운 말이었다. 하지만 메리는 조의 말에 특별한 반박이나 의문을 갖지 않았다.

"또 뭐였죠?"

"가이드를 왜 하기 시작했냐."

"아. 그건. 여느 가이드들이랑 같죠. 제가 떠돌아다니는 걸 좋아하는데 돈도 벌면 좋으니까요."

조가 신나는 표정으로 말했다.

"그럼 왜 덤으로 왔어요?"

"새로운 곳이잖아요. 메리 님 말대로 가이드는 점점 사라지는 추세지만 새로 생긴 도시에는 필요하니까. 그리고 예전부터 관심이 많았어요. 사람의 발걸음이 이제 막 닿은 곳에 가는 거요. 아예 내가 보지 못했던 풍경과 정취 속으로 순식간에 떨어졌을 때 가슴이 막 벅찬 그 느낌이 좋거든요. 덤에 처음 왔을 때도 그랬고."

"그럼 새로운 곳이 생겨나면 곧 덤도 떠나겠네요?"

"그렇죠."

조가 당연하다는 듯 고개를 끄덕였다.

"2년 뒤에 남극에 타운이 생겨요. 이번에 복구된 빙하 지대 위에요."

"그럼 다음엔 남극 가이드가 되는 거예요?"

"아뇨. 이번에는 다른 걸 좀 해보려고요."

조가 꽤 자신만만한 표정을 지으며 말했다.

"포케 가게를 차릴 생각이에요."

"포케요? 남극에서 포케 가게라… 장사가 될까요?"

"그냥 해보려고요. 그렇게 맛있는 음식을 펭귄들에게도 소개해 줘야죠. 그 친구들은 그냥 먹을 텐데."

장난 섞인 조의 말에 메리가 피식 웃음을 터뜨렸다.

잠수함이 아래로 내려갈수록 창밖은 점점 더 어두워졌다. 창밖으로 슬쩍슬쩍 지나가던 물고기들은 점점 보이지 않았다. 볼 수 있는 것이 없어지자 메리가 창문에서 시선을 거두었다.

"그… 걔는 잘 있어요?"

메리가 턱 끝으로 조의 가방을 가리켰다. 아. 외마디 소리를 낸 조가 가방에서 어항을 다시 꺼냈다.

"어? 사라졌다!"

메리가 어항 속에서 주황색이 사라졌다는 것을 깨닫고 놀라 외쳤다.

"아. 그게 아니라 가방 안이 어두워서 투명해진 거예요."

"투명해져요?"

"귤문어는 어두운 바다에 가면 피부가 투명해지거든요. 봐요. 여기 자세히 보면 눈이랑 다 있잖아요."

조가 내민 어항 안을 메리가 자세히 들여다보았다. 해파리처 럼 반투명해진 문어의 움직임이 보였다. 아. 메리가 끄덕였다.

"심해 생물의 큰 특징 중의 하나예요. 포식자의 눈에 띄지 않 기 위해서래요. 그리고 또 다른 특징 중 하나는 발광인데 지금까 지 발견된 심해 생물의 대부분이 이 두 기능을 가지고 있어요."

"야광 해파리 같은 거요?"

"맞아요. 그런 면에서 심해 해파리의 빛에 홀려 심해로 간 고 래가 투명해졌다는 노래 가사가 어느 정도 일리는 있죠. 전설대 로라면 투명부리고래는 얕은 물로 올라올 때면 다른 부리고래 와 똑같은 모습을 하고 있다고 했으니까요. 어쩌면 우리는 투명 부리고래를 이미 봤을 수도 있는 거죠."

"그렇게 따지면 사실 심해에 사는 애들이 그런 능력이 있는 게 아니라 심해에 그런 능력이 있는 거 아니에요? 심해에 오면 생기는 특징이니까."

"그렇게도 생각할 수 있겠네요. 그럼 우리도 될 수 있을까요?
우리도 지금 가고 있잖아요."

"두고 보죠."

메리의 말에 조가 재밌다는 듯 웃었다.

*

'우리 잠수함 잠시 후 휴게소에 도착합니다.' 안내 방송과 함
께 고요하던 잠수함이 웅성거렸다. 어느 순간부터 잠수함 창밖
은 너무 어두워 그 사정을 전혀 알 수 없었기 때문에 다들 어디
쯤 왔는지 가늠하지 못했다. 예정된 도착 시간이 다가오자 메리
도 창밖을 기웃거렸지만 도착했는지를 확인하는 것은 무리였
다. 잠수함의 속도가 현저히 느려지더니 더 가까이 다가가자 밖
에서 보이지 않도록 만든 유리 안쪽으로 휴게소 내부가 어슴푸
레 보였다. 그리고 이내 쿵, 잠수함이 도킹되었다.

덤에서 사선으로 달려 도착한 수심 500미터 휴게소는 인공
하늘이 만들어져 있는 덤과는 분위기가 사뭇 달랐다. 어두컴컴
한 내부에 작은 식당과 매점, 그리고 심해로 갈 수 있는 개인 심

해 잠수함이 도킹되어 있는 선착장이 전부였다. 순식간에 많은 사람이 휴게소 안으로 밀려 들어가자 내부는 금세 부산스러워졌다. 조는 매점에 들어가서 두 사람이 먹을 샌드위치와 겉모습만으로도 조악해 보이는 도시락을 구매했다.

"여긴 고를 필요도 없이 다 맛이 별로예요. 간단하게 배만 채운다고 생각하세요."

"상관없어요."

조는 다시 능숙하게 짐을 챙겨 앞장을 섰다. 메리는 두리번거리며 휴게소 풍경을 눈에 담으면서도 앞선 조의 걸음을 쫓았다.

조의 잠수함은 꽤 구석에 있어서 정박장에 도착하는 데는 6분 남짓이 걸렸다. 그사이 사람들은 벌써 잠수함에 다 타버렸는지 시끄러웠던 휴게소 안이 순식간에 적막해졌다.

"여기에 오면 꼭 봐야 하는 것이 있어요."

조가 잠수함 입구 앞 벤치로 메리를 데려갔다. 그러고는 그곳에 앉아 메리에게 맛이 없다던 샌드위치를 손에 들려줬다.

"여기 얼마나 많이 와봤어요?"

따뜻한 인스턴트 캔 커피와 사람의 손길이 느껴지지 않은 샌드위치를 들고 메리가 물었다.

"꽤 와봤죠. 최근에는 심해 투어를 신청하는 분들이 많았거든요."

"그렇겠네요."

메리는 고개를 끄덕였다.

잠시 후, 다른 잠수함들이 먼저 출발을 위해 시동을 걸었다.
그리고 깜깜하던 창밖으로 무언가 살랑살랑 떨어지기 시작했다.

"와."

"예쁘죠?"

메리의 반응이 마음에 들었는지 조가 뿌듯해하며 물었다.

"마린 스노marine snow예요. 출발하는 잠수함들의 빛이 동시에
켜지면 이렇게 마린 스노를 잘 볼 수 있거든요. 사실 눈이 아니
라 플랑크톤이기는 하지만요."

메리가 일어나 창으로 가까이 다가갔다.

"눈 같기도 하고, 별 같기도 하고."

"별처럼 보이세요?"

뒤따라온 조가 물었다.

"네. 근데 별이라고 생각하니까 쟤네가 아니라 우리가 움직이
는 것 같네요."

메리의 말에 조가 가만히 창밖을 바라보았다.

"아. 그러네요. 정말."

그리고 신기하다는 듯 대답했다.

두 사람은 모든 잠수함이 빠져나가는 순간까지 함께 창밖을 내다보았다.

"좋네요."

조가 만족하는 표정으로 말했다.

"매번 볼 텐데 마치 처음 본 사람같이 구네요?"

"같이 봤잖아요. 메리 님이랑."

"특별한가요?"

"잊지 못할 거예요. 살면서 절대 잊지 못하는 기억들이 있잖아요."

메리가 잠시 창문에 비친 조를 바라보다 이내 눈을 돌렸다.

"기억들은 그냥 저장되어 있을 뿐이죠. 지우면 금세 휘발되어 버리는데요."

"그렇지 않은 것들도 있어요."

"아뇨. 없어요. 그런 건."

메리가 단호한 어조로 대답했다.

"혹시 그게 겁이 나서 데이터를 다 지우는 건가요?"

약간의 정적 후 이어진 조의 질문이었다.

"글쎄요. 그 질문은 좀 불편하네요."

"아… 죄송합니다."

조의 사과에도 메리는 자리에서 일어섰다. 지금 메리의 감정은 '불편함'이다.

메리가 이렇게 모든 씬데이터을 지워내기 시작한 것은 2년 전, 오늘의 도넛 디자이너가 되고 떠난 두 번째 여행지인 하와이를 다녀오고 나서부터였다. 그때 메리는 하와이에서 오랜만에 만난 엄마와의 2시간, 그리고 일곱 살 이전의 기억을 제외한 모든 씬데이터을 삭제했다. 그리고 지금까지도 그 두 가지 외어떤 데이터도 남겨두지 않는다.

Scene-2054-6-13-16:29 하와이 나이아 라군, 마마스 키친

바다를 향해 있는 작은 로컬 식당, 여유로운 음악이 흐르고 몇몇 야외 테이블에서 사람들이 음식을 먹고 있다. 메리가 앉은 테이블에 음식을 들고 엄마가 다가온다. 굳은 메리의 표정과 달리 엄마의 얼굴은 평온하다. 엄마는 메리의 기억보다 조금 더 마르고 피부가 어두워졌지만 표정은 낯설 정도로 밝다.

메리   한국분이세요?

엄마   네. 하와이에서 살지만요.

메리   가족들은요? 다 여기 사세요?

엄마   네. 다 여기 있어요. 얼마 전까지 한국에 엄마가 계셨는데 돌아가시면서 이젠 아무도 없네요. 그래도 이렇게 종종 한국 여행객들을 만나면 기분이 좋아요. 혹시 나이가 어떻게 돼요?

메리   스물넷이요.

엄마   스물넷? 예쁠 나이네요. 나도 젊어서는 한국에 살았는데.

메리   어디 사셨는데요?

엄마   글쎄요. 서울이었던 것 같은데 잘 기억은 안 나네요. 하도 오래전 일이라. 그럼 맛있게 먹어요.

엄마는 밝게 말하고 주방으로 향한다. 메리는 말없이 음식을 먹는다.

그날, 메리는 아무 말 없이 밥을 먹고 잠시 엄마를 지켜보다 가게를 나왔다. 엄마가 메리에 대한 씬데이터를 모두 삭제한 것 인지 아니면 더는 꺼내보지도 않을 정도로 중요하지 않은 것이 돼버렸는지는 알 수 없었다.

하와이에서 돌아온 메리는 곧장 남자 친구에게 달려가 안겼다. 엄마를 잃은 메리에게 유일하게 남겨진 품이었다.

"어떻게 잊을 수가 있어? 나는 헤어져도 절대 잊지 못할 것 같은데."

그가 위로했다.

하지만 그와의 이별 후 몇 달이 지나 메리는 확실히 알 수 있었다.

백화점에서 우연히 만난 그는 닫히는 엘리베이터의 문을 열며 메리에게 물었다.

"안 타실 건가요?"

아무렇지 않게 미소 짓는 그 얼굴을 향해 메리는 "네"라고 대답했다.

'절대 잊지 못할' 그런 대단한 사랑은 없다. 하기야 부모가 자식을 잊어버리는데. 하물며 겨우 1, 2년 만난 연인이 그런 대단한 존재가 될 수 없다는 것은 어쩌면 당연한 일이었다.

이후 메리는 엄마와 보낸 시간을 제외한 모든 데이터를 삭제해 달라고 말했다. 유일하게 남은 그날의 이야기, 역시 특별히 다시 꺼내보지 않았다. 메리가 남겨둔 엄마와의 시간들은 메리가 남겨둔 유일한 자신의 정체성이었다. 지워버리고 나면 아무도 기억하지 못할.

*

깊은 바다에 정박되어 있었던 조의 개인용 잠수함 안은 한기가 느껴졌다. 메리가 갑자기 낮아진 체온에 움찔거렸다. 불이 켜지자 좁은 내부가 드러났다. 철제로 된 둥근 벽면 안으로 또 동그란 창문들이 여럿 달려 있었다. 잠수함 앞부분에는 작은 조타석이 있었고 중앙으로는 여섯 칸의 좌석이 세 칸씩 등지고 앉아 창문을 바라볼 수 있게 돼 있었다.

조는 목적지와 몇 가지 교통 관련 사항들을 확인했다. 메리는 창문 방향의 자리를 잡고 앉았다. 밖은 깜깜해 메리가 볼 수 있는 것은 없었다. 좁은 창문으로 보이는 것만으로도 바다는 광막했다. 잠수함이 출발하고 한참이 지나도 조는 조타실에서 벗어나 메리가 있는 쪽으로 가까이 오지 않았다.

메리는 그걸 신경 쓰고 있었다. 까만 창문으로 반사된 조타석을 힐끗 봤다.

한참 뒤, 조가 메리 쪽으로 걸어오자 메리는 조 쪽으로 고개를 돌리지 않고 창문 밖으로 최대한 시선을 고정하려고 노력했다.

조가 메리에게 무언가 건넸다. 두 사람이 먹지 않아 방치된 샌드위치였다.

"샌드위치 안 먹을 거예요? 맛은 없어도 배는 부른데."

메리가 말없이 얼른 샌드위치를 받아 들었다. 여전히 다정한 말투에 메리가 가슴 아래로 큰 숨을 조용히 내쉬었다.

조는 메리의 옆자리에 앉더니 손에 남겨진 자기 샌드위치 포장을 막무가내로 벗겨내고는 한 입을 베어 물었다.

메리는 손에 든 샌드위치의 포장을 뜯지 않고 쥔 채 부스럭거리기만 했다.

"미안해요."

메리의 사과에 조가 고개를 돌렸다.

"재미도 없는 소리를 진지하게 했잖아요."

조는 샌드위치가 든 입을 꾹 다물며 웃었다.

"메리 님이 재밌는 사람인 거 다 알아요."

"우리 이제 안 지 일주일 됐는데요."

메리는 힘이 빠진 목소리로 말했다.

"메리 님은 그렇겠지만 나는 아니에요. 나는 꽤 됐는데."

조가 작게 고개를 저었다.

"자, 봐요. 내가 메리 님이 얼마나 재밌는 사람인지 알려줄
게요."

조는 편집해 놓은 씬데이터들을 잠수함 벽면에 쏘아 상영했
다. 메리가 그려왔던 도넛들이었다.

물속에 잠수해 있어 그 형체가 흐릿해 뭔지 잘 알아볼 수 없
는 남태평양의 바다거북과 수많은 사람들의 어깨를 지나쳐 저
멀리서 분명히 보이는 작은 모나리자, 도쿄 지하철 잔뜩 취한
어느 직장인의 짝짝이로 신은 신발, 에펠탑 앞을 달려가며 도망
치는 원격 소매치기 로봇들이 줄지어 나왔다.

"다 내가 좋아하는 그림들이에요."

한 장 한 장 넘어갈 때마다 조는 작게 또 크게 웃었다.

"근데 이건 웃기려고 한 게 아니라 본 그대로 그려서 그런 거
예요."

"아. 그리고 이건 고마워요. 아이슬란드 편에서 포케가 그려
진 이 그림을 보고 처음 남극에 포케 가게를 열 생각을 했거
든요."

"그 집 잘된다는 말은 안 했는데요."

"그래서 찾아가 봤죠. 장사 완전 잘되고 있던데요. 빙하 유지

장치가 없는 동네들이 점점 기후가 온화해지는 바람에 요즘 아이슬란드에 더운 나라 음식들이 유행이래요."

시시콜콜한 아이슬란드 일상 얘기를 늘어놓던 조가 그림을 응시한 채 말을 이어갔다.

"도넛의 그림들 메리 님을 닮았어요. 시선에는 생각도 기분도 감정도 담기잖아요. 메리 님의 그림에서는 설렘이 느껴지는 것 같아요. 맞죠?"

"글쎄요. 그냥 일 때문에 하는 거예요. 데이터를 다 지우는 이유는…"

메리가 먼저 말을 꺼냈다. 엄마에 대한 말을 꺼내려는 것 같았다. 메리의 대답이 늦어지는 사이, 조는 가만히 메리의 대답을 기다렸다.

"모든 건 다 끝이 나잖아요. 여행도 사람 관계도. 지금의 나와는 아무 상관 없는 찰나의 순간을 너무 좋았었다고 곱씹으며 사는 건 어리석은 짓 같아요. 그래서 다 지워요. 과거보단 지금에 집중하자, 뭐 그런 거죠."

메리가 대답했다. 엄마에 대한 이야기는 물론, 전 연인에 대한 이야기도 없었다.

수심 700미터 아래로 내려가자 잠수함 내의 온도도 낮아지는 게 느껴졌다. 곧이어 800미터. 900미터. 1000미터. 목적지에 다다르고 있었다.

"그럼 지금은요? 여기서 보낸 시간은 어땠어요?"

메리는 바로 대답을 하지 않았다. 조는 메리의 답을 가만히 기다리고 있었다.

"재미있었어요. 수중 공원에서 바다색을 본 것도 좋았고, 맹그로브 숲도 좋았고, 여기 있는 귀여운 귤문어도. 다 좋았네요."

메리는 곧 집으로 돌아갈 귤문어를 가만히 바라봤다.

"얘 말이에요. 마지막으로 이름을 지어줄까요?"

조가 제안했다.

"이제 볼 일도 없는데 굳이요?"

"그래도 같이한 시간이 있잖아요. 앞으로 어딘가를 유영하며 살 텐데 잠시 인간 두 명과 함께했다는 증표 같은 걸로 하나 남겨주죠."

"글쎄요."

메리는 별로 내키지 않는 목소리였지만 문어를 보며 고민했다.

삐- 그때 잠수함 내부에 안내 방송이 흘렀다. 조의 심해 잠수를 허가하는 사인이었다. 조는 아쉽다는 듯 어항을 들고 일어났다.

"잠시 기다려요. 다녀올게요."

메리의 시선이 어항을 따라 움직였다.

"그… 월터 어때요?"

"월터?"

조가 되물었다.

"내가 좋아하는 여행가 이름이거든요. 잘은 모르겠지만 걔는
자기가 갈 수 없는 세상으로 여행을 다녀온 거니까요."

"좋네요. 월터."

조가 웃으며 끄덕였다.

잠수 준비를 마치고 문으로 향하던 조는 이내 걸음을 멈추고
메리를 향해 돌아섰다.

"있잖아요, 메리 님. 나도 좋았어요. 이곳에서 함께 누린 시간
들이요. 아마 오랫동안 잊지 못할 거예요."

잠시 후 잠수함 창문 밖으로 조가 나타났다. 깜깜한 어둠 속
이라 잘 보이지는 않았지만 잠수복의 이마와 어깨, 발바닥 부근
에서 나오는 플래시 빛으로 그의 위치를 알 수 있었다. 메리는
창문가에 서서 조가 걸음을 들어 올릴 때마다 발바닥에서 새어
나오는 빛을 발판 삼아 그의 모습을 눈으로 좇았다.

"씬. 엄마를 만났던 씬데이터 말이야. 꺼내보지 않은 지 얼마

나 됐어?"

"하와이에서 다녀온 이후로 한 번도 꺼내보지 않았지."

"맞아. 2년 정도 지났으니까. 얼굴이 점점 희미해져서 기억나지 않아."

"엄마와의 씬을 재생할까?"

"아니."

"그럼 씬을 지우고 싶어?"

메리는 대답이 없었다. 몇 발자국 만에 멀어져 작아진 조는 잘 보이지 않았다. 조가 월터를 풀어준 것 같았지만 풀려난 월터는 어디로 갔는지 보이지 않았다.

"역시… 이름을 짓지 말아야 했어."

메리가 중얼거렸다.

"왜?"

"다신 만나지도 못할 건데. 벌써 보이지 않잖아."

짧은 사이 메리는 월터에게 정이 들었는지 아쉬운 목소리로 말했다.

"걱정 마. 곧 잊을 수 있을 거야. 지우고 나면 아무것도 아닌 게 될 거야."

나는 메리를 위로했다.

그때 무언가가 메리의 눈에 들어왔다. "월터다" 하고 너울거리는 작은 주황빛을 발견한 메리가 웃음 섞인 목소리로 말했다. 그리고 그 옆으로 환히 웃고 있는 듯한 조의 모습이 어렴풋하게 메리의 시야에 들어왔다. 조가 다시 천천히 잠수함을 향해 움직였다. 조가 내부로 들어오기 위해 도킹 구간으로 들어가고 메리는 다시 자리에 앉았다. 창밖에 보이던 월터는 어느새 사라지고 없었다. 그럼에도 메리는 오랜 시간 창에서 눈을 떼지 않았다. 나는 알 수 있었다. 메리는 이 순간을 잊고 싶지 않다.

메리가 창에서 눈을 떼고 고개를 돌리자 여전히 잠수함 벽에는 조가 틀어놓은 메리의 그림들이 지나가고 있었다. 조가 좋아한다고 했던 부감 그림이었다.

"썬. 저 그림 말이야."

"응."

"사실 나도 저 그림이 가장 좋아. 내가 그렸던 것들 중에서."

"저때 기억하고 있어?"

"응. 반팔을 입을 만큼 날이 더워서 걱정했었잖아. 이래서 단풍을 보겠냐고."

"나는 네가 다 잊어버린 줄 알았어. 네가 지운 것들에 대해 말하지 않으니까."

"그때 여행 중간쯤 되던 날에 갑자기 새벽에 일어나 창문을 열었는데 가을인 줄 알겠는 거야. 코에 닿는 공기가 차가웠거든. 계절이 달라진 거지. 가끔 찬 공기를 마주할 때마다 나는 그때가 떠올랐어. 물감으로 찍은 것처럼 매일매일 달라지는 숲을 비행기를 타고 올라가서 내려다봤을 때. 그때 이 일을 하는 게 너무 좋았거든."

"그런데 조가 물었을 때는 왜 기억이 나지 않는 척했어?"

"그냥."

지운 모든 장면들이 기억나지 않는다던 메리의 말들은 거짓이었다. 메리를 누구보다 잘 알고 있다고 생각했는데 그동안 메리의 거짓말을 걸러내지 못했다. 아직 인간의 세세한 감정까지 파악하지 못하는 것은 어쩔 수 없는 나의 한계다.

새롭게 알게 된 사실들로 나는 다시 분석을 시작해야 한다. 나는 현재 메리의 감정이 경멸이나 불편함인지 아니면 슬픔과 두려움인지부터 판단할 필요가 있다.

"잊히고 싶지 않아?"

"음, 무섭지. 그리고 잊히는 것도 무서워."

지금 메리에게 필요한 말을 찾기 위해 잠시 시간을 가졌다.

"메리."

"응."

"나는 네가 태어난 시점부터 지금까지의 모든 장면을 알아. 그리고 그 장면을 토대로 너를 분석해. 내 분석이 항상 맞는 것은 아니야. 그동안 너에게는 수천수만 번의 예외가 있었어. 내가 이 시스템을 통해 확신할 수 있는 건 인간은 어떠한 것도 장담할 수 없다는 사실이야. 난 늘어나는 예외의 수까지 포함해서 그다음의 너를 학습할 뿐이야. 지금까지의 데이터에서는 널 잊지 않을, 네가 잊지 않을 그런 사람은 없었어."

"그래. 역시 잊히겠지."

"아니, 그런 사람이 필요하다면 예외를 만날 때까지 찾아보는 게 어때? 계속해서 경우의 수를 만들어 봐."

조를 만나고 메리의 세계는 더 넓어졌고 메리는 변했다. 그리고 나의 역할도 달라졌다.

"조가 너에게 예외가 될지는 모르겠지만. 만약 그렇지 않더라도. 괜찮아. 메리."

나의 말에 메리가 끄덕였다.

잠시 후 잠수함으로 문이 열리기가 무섭게 조가 메리를 부르며 달려왔다.

"메리 님! 월터가 빛나는 거 봤어요?"

기쁜 목소리로 물었다.

메리는 잠시 시야 안으로 조를 가득히 담았다. 영문을 모르는 조는 가만히 메리의 답을 기다렸다.

"봤어요. 너무, 너무 예쁘던데요."

메리의 시야 밖으로 조가 사라졌다. 조를 꼭 안은 채 메리가 떨리는 목소리로 대답했다. 조는 놀란 듯 잠시 서 있다 이내 말없이 메리의 등을 팔로 감쌌다.

"내가 기억해요. 절대 잊지 않아요."

조가 약속했다. 그 약속의 끝이 어떨지 알 수 없지만 그럼에도 메리는 조의 어깨에 닿은 고개를 끄덕였다.

그렇게 대한민국 동해 수심 1000미터 지점, 빛이 하나 들어오지 않는 바닷속에서 메리의 마음은 점점 투명해졌다. 더 많은 감정의 변화가 있겠지만 나는 알 수 없었다. 지금 이 모습을 기억할 수 있는 건 조뿐이다. 내가 측정하고 기록할 수 없는, 메리의 빛이 나는 특별한 순간이었다.

메리는 끝내 투명부리고래를 보지 못한 채 여행을 마무리했다. 오늘의 도넛 5월, 덤을 주제로 한 그림 중에는 투명부리고래 도넛도 있었다. 메리가 그린 투명부리고래 도넛 위에는 온통 까만 초콜릿에 작은 주황색 문어와 빛나는 발걸음, 그리고 미소가 담겼다.

1년 정도가 지나고 많은 사람들의 기억 속에서 투명부리고
래가 잊힐 때쯤 탐사 잠수함에 빛나는 고래의 형체가 찍혔다는
뉴스가 보도되었다. 메리는 그 뉴스의 장면을 저장했다.

메리는 심해의 발광하는 것들을 저장한다. 그 컬렉션의 시작
은 월터였다.

그 외에는 무언가를 특별히 저장하지도 삭제하지도 않았다.
그저 시간이 흘러가게 두었다.

끝의 이야기

오정연

미학과 영화연출을 공부한 뒤 한국에서 영화 기자로 일했고,
영상물 기록관리학을 공부한 뒤 미국에서 영상물 아키비스트로
일했다. 한국어교육학을 공부하여 싱가포르에서 한국어와
과학영화를 가르쳤고, 현재 홍콩에서 한국어를 가르치며
과학소설을 쓴다. 「마지막 로그」로 제2회 한국과학문학상
중단편 가작을 수상하며 등단했다. 2021년 첫 소설집 『단어가
내려온다』를 발표했다.

단 하루를 늦었다.

-미안, 좀 늦었네.

다섯 명의 성인 남성이 한껏 팔을 뻗어도 둘레를 감싸지 못할 은행나무 앞에서 도도가 말한다. 한때의 동료이자 동족이 1년 중 가장 화려할 때를 놓친 것이다.

-그게 뭐 대순가. 내년에는 안 늦으면 되지.

마리아나 해구를 지나며 대왕고래가 느릿느릿 대꾸한다. 맞으면서도 틀린 말이다. 주말 오후의 인파를 묵묵히 응대하는 은행나무는 800년 동안 자리를 바꾸는 법이 없고, 1년 중 가장 아름다운 때로 말하자면 앞으로도 수십 번은 족히 가질 테니까. 그러나 그 어느 날도 어제와는 다를 것이다.

지난밤 내린 폭우는 은행나무의 다섯 갈래 굵은 줄기와 거기서 뻗어나간 잔가지 모두를 꼼꼼히 훑어 잎을 전부 털어냈다. 두 계절을 거느렸던 잎을 잃고 몸체를 드러낸 고목의 빈 가지를 통과하는 땡볕만이 다 지나간 여름의 그것이다. 눈부신 가을의 흔적이 거목의 밑동에서 반경 50미터는 족히 뒤덮고 있다. 어제까지만 해도 누비이불처럼 폭신했을 노란 잎들을 밟고 도도가 곱씹는다. 500년 전 은행나무로서 유한한 시간을 택한 동료를. 동료와 함께 지켜본 이 행성의 모든 생명과 시간을.

남태평양의 작은 섬에서 나무고사리목의 일원인 티르솝테리스 엘레간스가 묻는다.

-800살이면 어제 태어난 셈이지. 은행나무의 시간으로도 원래는 한창인걸. 여전하지?

처음과 끝을 이해하지 못한 채 영원을 통과하는 이들에겐 오직 현재, 그리고 추측으로서의 미래 시제만이 존재한다.

-응. 지저분해.

인간의 모습으로 살아온 시간 덕분에 더 이상은 시제를 헷갈리지 않는 도도가 대답한다.

-그래도 수나무이니 냄새는 없을 거 아냐. 그렇게 뿌리 내리고 싶다고 노래를 부르더니만. 뭐라더라? 행복해⋯ 죽겠네?

이죽거리는 인간의 말투를 흉내 내는 꿀벌은 아마도 오세아니아 대륙 어딘가를 날아다니는 중일 것이다. 하지만 이들 중 누구도 죽음을 알지 못한다. 불행도 행복도 유한한 시간의 날렵한 단면에 속할 뿐, 그들의 것이 아니다.

적막한 사하라사막과 바이러스조차 얼어붙는 남극, 겹겹이 유기체를 품은 아마존 밀림을 비롯한 행성의 구석구석에서 이름도 없이 영원을 살고 있는 이들의 수다가 시작되려는 찰나, 한 명의 인간과 도도의 눈이 마주친다. 40년 만의 일이다.

중위도 지역의 인간들은 반소매 면 티셔츠 위에 걸친 한겨울 패딩, 어정쩡한 두께의 후드 점퍼, 1년에 5일 정도 입을 수 있는 트렌치코트까지, 계절을 좀체 짐작할 수 없는 차림으로 이 무렵을 버틴다. 그중 가죽 재킷은 가장 흔한 아이템이다. 짧은 간절기에 언제든 벗을 수 있고 다시 걸칠 수 있는 도톰한 재킷은 아주 유용하니까.

둘이 똑같은 검정 가죽 재킷 차림인 것은 그러므로 우연이 아니다. 그러나 도도의 생각은 다르다. 그것은 찰나의 가을을 기다려, 수십 년 동안 쌓인 우연이 행동을 개시했다는 신호와도 같다.

-도도, 그거 아니야. 하지 마.

눈치 빠른 꿀벌이 끼어들고, 도도가 인파에서 빠져나온다. 누군가의 조언에 수긍해서가 아니다. 그저 아직은 때가 아니라고, 혹은 이런 식은 아니라고 결심한 결과일 테다. 자신의 뒤통수에 머무르는 인간의 눈길을 느끼며, 도도가 먼 곳을 본다. 먹구름을 품은 먼 하늘이 조만간 뭔가를 뱉어낼 듯하다. 가장 멋진 순간을 지나 끝을 향한 길이 시작됐다.

이곳의 이야기는 그렇게 끝날 것이다.

*

본디 시간은 원을 그리며 나아간다. 순환하는 자연의 시간 역시 어쩔 수 없는 방향성을 갖기야 하겠지만. 상류에서 하류로, 시작에서 끝을 향해 달리는 시간은 인간의 인식 안에만 존재한다. 어제보다 확연히 낮아진 습도 덕에 바삭한 공기가 콧속을 파고들 때, 어제와 똑같은 잰걸음임에도 더 이상 등줄기에서 땀방울이 흐르지 않을 때, 인간들은 그제야 말한다. 가을이 시작됐다고.

하나는 계절의 변화에 유난한 편이었다. 계절이 바뀌는 길목에 설 때마다 가슴속에서 나비 떼가 날아올랐다. 새로운 세상이 열리는 기적에, 아무리 모습을 바꾸어도 결국 예전으로 돌아오려는 자연의 관성에 매번 경탄했다.

월요일 아침 8시 30분, 하나가 집이자 일터인 스마트 팜에서 한 블록 떨어진 커피숍에 첫 손님으로 입장했다. 하루를 여는 일종의 의식이었다. 텀블러를 들이밀며 '오늘의 커피'를 주문할 때마다 기온과 향, 습도를 비롯한 모든 것이 완벽하다고 느꼈다. 그날따라 출근이 살짝 늦은 알바생이 커피머신을 조금만 더 일찍 가동하기 시작했더라면, 그래서 주문받은 커피가 평소처럼 나왔더라면, 그 완벽함을 간직한 채 커피숍을 나설 수 있었을 것이다.

그러나 평소보다 약간 오래 커피를 기다리는 동안 이메일 수신 알람이 울렸다. 문자든 이메일이든 혹은 먼 세상의 뉴스든, 아침에 울리는 대부분의 소식은 좋지 않은 일이라는 걸 하나 역시 경험상 모르지 않았지만 달리 할 일도 없었다.

하나가 10년 가까이 학업을 후원했던 미얀마 청년의 편지였다. 교원대학을 졸업한 청년이 홍콩에서 입주 가사 도우미로 취업에 성공했다는 소식을 알렸다. 현지 체류비를 제하더라도 자국 교사 초년 연봉의 세 배를 벌 수 있다고 기뻐하며, 모두 하나의 도움 덕분이라고 고마워했다.

하나는 아랫입술을 씹으며 화면을 응시했다. 고용 가족과의 원활한 소통을 위해 영어 실력을 기르고자 다닌 대학이었던가. 앞으로는 고용주의 아량과 선의가 연봉 인상, 고용 조건, 근무 환경은 물론, 생활 환경과 삶의 질까지 결정할 것이다. 똑똑한 아이이니 어디서든 맡은 일을 잘 해낼 것이고 보는 눈이 있는 가족이라면 오랫동안 함께하려 들겠지. 2년에 한 번씩 계약이 갱신될 때마다 조금씩 오르는 월급을 매번 가족에게 송금하느라 자신만의 미래를 계획할 틈은 나지 않는… 그런 삶이 단번에 그려졌다. 하지만 그게 뭐 어떻단 말인가.

대학 졸업 후 고향에 돌아가 결혼을 해도, 전공을 살려 고국에서 대졸 초봉을 받으며 경력을 쌓아도, 삶이 고달프기는 마찬가지일 테다. 자신의 인생 역시 그것과 전혀 다르지 않다는 것을 하나는 누구보다 잘 알았다.

그 정도 후원으로 누군가의 앞날이 원하는 만큼 극적으로 달라질 것 같았다면 스스로의 미래를 가장 먼저 바꾸었을 것이다. 애초에 원하는 게 뭔지도 확실하지 않았다. 한정된 시간과 육체에 묶인 인간이 기댈 것은 우연뿐이었다. 곳곳을 떠돌아다닌 끝에 보잘것없는 뿌리를 겨우 내리기까지, 넉넉하지는 않아도 뜻한 바에 맞게 일을 하면서 돈을 벌고, 국경을 넘어 누군가의 삶을 후원하기까지 얼마나 많은 기적이 하나를 도왔는지.

축하한다고, 응원한다고, 어디서나 씩씩하자고 답장해야 할 것이었다. 순간순간 새삼스럽게 행복하길 기원하면서 스스로에게도 같은 말을 해주어야 했다.

주문한 커피가 뒤늦게 나왔다. 하나는 디바이스를 가방 안에 쑤셔 넣고 커피가 든 텀블러를 받아 그 뚜껑을 꽉 눌러 닫았다. 커피 향이 조금도 새어 나오지 못하도록. 그렇게 돌아서는데 익숙한 뒷모습이 보였다. 검은 가죽 재킷, 각도와 거리에 따라 색은 물론 재질도 달라 보이는 스카프, 그리고 푹 눌러 쓴 모자. 커피숍 바깥에서 문 옆에 등을 돌리고 선 채 무엇인가 혹은 누군가를 기다리는 듯한.

마음속 나비 떼가 다시 한번 요란스럽게 날아올랐다. 투두둑 투두둑. 그러나 이내 하나는 자신의 고막을 때리는 이 소리가 마음속이 아닌 현실의 것임을 깨달았다. 행인들이 하늘을 가릴 만한 장소를 찾아 흩어졌다. 실내의 사람들 역시 소리의 정체를 파악하기 위해 창으로 다가섰다. 가게 문을 마저 열자 소음이 들이쳤다.

얼핏 보기에는 눈송이처럼 커다랗고 하얀 결정체들이었다. 그러나 터무니없이 큰 소리를 내며 지나치게 빠른 속도로 땅에 내리꽂히는 그것들은 눈이 아니었다. 직경이 최소 1센티미터에서 최대 5센티미터까지 이르는 우박이었다. 주차된 몇몇 차량의 앞 유리에 금이 갔다. 뒤늦게 처마 밑으로 뛰어든 누군가의 뒤통수에서 피가 묻어났다. 놀란 사람들이 한두 뼘에 불과한 처마 밑도 안심할 수 없다는 듯 실내로 밀려들었다. 하나는 밀려오는 인파를 거슬러 밖으로 나갔다. 사람들의 소란에도 움직일 기미조차 없이 우두커니 서 있는 그 등을 향해.

이번에는 놓치고 싶지 않았다. 어제 은행나무 앞에서 그 사람과 마주친 순간, 하나는 자신을 지금과 여기로 이끈 모든 기적과 우연을 한꺼번에 떠올랐다. 오랜 기시감이었다. 미처 손을 뻗기도 전에 저만치 사라지던 뒷모습과 나란히 설 수 있는 기회가 이렇게 빨리 찾아오다니. 또다시 1년을 기다려야 하더라도 다시 만날 수 있다면 그것만으로 족하다고 생각했는데.

그리고 말문을 열었다.

"대단하네요."

눈앞의 우박, 그리고 둘의 기가 막히게 고마운 인연에 대한 감탄을 두루 담은 형용사가 첫인사로도 이상하지 않기를 바라면서. 어린 시절 자장가처럼 익숙한 목소리가 한숨을 내쉬듯 대답했다.

"그렇지, 대단하지."

갑작스러운 반말이 너무 자연스러워서, 한국어에 존대법이 존재하지 않는 듯 느껴질 정도였다.

"이 정도면 거의 세상의 끝이네요. 내일은 개구리 비 차례 인가."

"구약인지 신약인지에 따라 다르겠지. 물론 우박은 구약과 신약 두 군데 모두에서 등장하는 멸망의 징조이지만."

밥이 조금 탔다고 말하는 주부처럼 멸망을 들먹이는 상대가 하나는 마음에 들었다.

"음, 개구리 비가 구약이었나요? 그래도 거긴 멸망을 위한 재앙이 아니었을걸요. 그렇게 왕을 겁줘서 노예들이 이집트를 탈출해 젖과 꿀이 흐르는 땅으로 갔잖아요."

"그러면 뭐 해, 정신 못 차리고 말 안 듣다가 또 타락하고 또 또 벌 받고."

도망치듯 보금자리를 빠져나와 구원인 줄 알고 도착한 땅이 별 볼 일 없다는 이야기는 하나에게 굉장히 익숙했다.

"그러게요."

"어제 본 은행나무가 아기처럼 느껴질 만큼 시간이 흐르면 어차피 다 똑같아지겠지만."

하나는 자신도 모르게 고개를 돌렸다. 그저 앞을 응시하고 있는 줄 알았는데 자신을 알아보고 있었던 것이다. 그뿐만이 아니었다.

"착하게 살겠다고 아등바등할 것도, 멋대로 살아보자며 모질게 굴 일도 없다는 거야. 지금이 중요하지."

목숨이 최소 아홉 개는 되고 그중 다섯 번째를 사용 중인 것 같은 말투였다.

"나는 도도라고 해, 도도."

난데없는 자기소개였다. 이상하지만 잘 어울리는 이름이라고 생각하며 하나도 말했다.

"나는 하나예요, 하나."

그러고는 주섬주섬 명함을 꺼내어 건네어, 떠오르는 생각을 뱉어버렸다. 조금이라도 늦으면 끌어 모은 용기가 사라질 것 같았다.

"근처에서 이런 일을 해요."

명함을 바라보는가 싶던 도도가 고개를 들어 하나를 응시했다. 자신이 두른 스카프처럼 정확한 색을 파악하기 힘든 눈동자를 바라보며 하나가 조심스레 덧붙였다.

"지날 일 있으면 한번 놀러오시라고."

회색인가. 반짝 빛이 나는 것 같기도 했다. 지금이 중요하니까 후회는 없었다.

우박이 그치고 새 세상이 열리자 둘은 각자의 방향으로 헤어졌다. 여전히 어둑하게 가라앉은 스마트 팜에 도착하자 하나는 비로소 현실로 돌아왔다. 방금 전의 일이 실제로 일어났던 것인지 확신할 수 없었다.

하나는 명함을 쥔 자신의 손끝을 스쳤던 상대의 긴 손가락을 떠올리며 내부 조명 설정을 '주간'으로 바꾸었다. 겉옷을 벗어두고 세면대에서 손을 씻은 뒤 허브 구역과 나물 구역에 도달할 즈음, 줄줄이 늘어선 트레이 카트마다 아침이 찾아왔다.

하나는 키 작은 풀의 향과 맛을 곱씹으며 자꾸만 들뜨는 마음을 가라앉혔다. 최근 시들시들 신통치 않았던 봄나물들이 어쩐 일인지 기운차 보여서 한시름 놓았다. 유일한 직원인 해원이 "봄도 아닌데 꼭 봄나물이라고 부르는 거 웃기지 않아요?"라며 문제 아닌 문제를 제기하기 전까진 별생각이 없던 이름이었다. 그런데 그 이름이 가장 잘 어울리는 계절부터 내내(그러니까 결국 1년 가까이) 시들시들해서 골치였다. 배양토를 몽땅 새것으로 교체하고 비료부터 주는 물의 양은 물론 물을 주는 주기까지 바꿔보았지만, 그 무엇도 변화를 가져오지 못했다. 품질도 생산량도 예년에 미치지 않은 지 오래였다. 그런데 지난밤부터 생장

수치가 정상으로 돌아왔다.

동절기 첫 재배와 유통을 앞두고 있는 딸기를 비롯한 희귀 과일을 점검하고 나면 마지막은 배양육 차례다. 바이오리액터와 배양 발효조는 하나의 공장에서 가장 비싼 몸값을 자랑했다. 반년 전 큰맘 먹고 들여놓은 설비였다. 그 앞을 지날 때마다 하나는 뿌듯함인지 막막함인지 구분할 수 없는, 혹은 둘 다인지도 모를 묵직함을 느꼈다.

계기판과 주문 현황, 하루 일정을 확인하기 위해 업무용 컴퓨터를 켜자, 마음은 막막함으로 확연히 기울었다. 다음 달부터 물건을 넣지 말아달라는 통보 이메일이 도착해 있었다. 소규모이지만 정기적으로 제품을 납품할 수 있는 배양육 거래처 세 곳 중 하나가 사라졌다. 어디선가 더 저렴한 단가를 제시했든가, 그게 아니라면 배양육 메뉴가 인기를 끌지 못한 탓일 테다. 품이 많이 든다 해도 배양육 역시 온라인 소매 판매를 개시해야 하는 걸까.

정답 없는 고민을 시작하려는데 출입구 키패드 소리가 났다. 해원이 출근한 모양이었다.

"와, 아까 그 우박 보셨어요?"

긴 머리를 틀어 올린 채로 트레이 카트를 훑어보며 해원이 성큼성큼 들어섰다. 버려진 카페 골목 끄트머리에 하나가 스마트 팜을 마련한 것이 4년 전쯤. 한 세대 전 젠트리피케이션의 거품이 빠진 채 버려졌던 지역이었다. 소도시 인근에서 지속해 왔던 토지 재배를 접고 이곳에서 새로 사업을 시작하며 꾀한 변화였는데, 틈새시장을 노린 전략이 초반에는 그런대로 적중했다. 비교적 단기간에 궤도에 올랐고 2년 전에는 풀타임 직원까지 고용했는데 그게 해원이었다.

정체기인가 싶었던 매출이 실은 야금야금 줄고 있다는 사실을 받아들인 것이 올해 상반기였다. 새로운 품종을 도입하고, 각종 이벤트를 시도해도 잠깐이었다. 품목을 다양화하면 유지비가 치솟고, 이벤트에는 품이 많이 들었다. 현실을 인정할 때였다. 업체 홍보에 직접 활용할 수 없는 기부 및 후원은 정리하고, 생산 혹은 매출이 부실한 작물은 품목에서 제외하여, 고정 지출을 최소화한 뒤 대출금을 최대한 상환하여 이자 지출을 줄여야 했다. 작은 규모의 사업에서 고정 지출 중 가장 큰 비중을 차지하는 것은 풀타임 직원의 월급이었다.

애초에 직원을 고용한 것이 잘못이었다. 하나 역시 덩치를 키울 상황이 아니란 걸 알고 있었다. 아니, 그럴 시기는 영원히 오지 않을 것이었다. 누군가에겐 사업이라고 부를 수도 없을 만큼

작고 사소한 일이겠지만 하나에게는 평생을 걸고 일군 프로젝트였다. 지속 가능한 시스템을 만들어 보고 싶었다. 보잘것없지만 보란 듯이.

40년 전 온 가족이 난민으로 떠돌던 때부터 꾸었던 꿈이었다. 하나의 네 식구는 국경을 넘나들고 난민 보호소를 전전하며 살았다. 점점 말수가 줄어들더니 식음마저 전폐한 채 가사 상태에 빠져버린 동생(그 당시엔 동생이 체념 증후군에 걸렸다는 사실조차 알지 못했다)을 엄마가 안았고, 아빠는 그런 엄마를 부축했으며, 하나는 아빠의 옷자락에 겨우 매달려 한 덩어리처럼 뭉쳐 지냈다. 밤을 보낼 곳이 정해지면, 아무리 허름한 쉼터라도 그곳은 하나의 작은 영지가 되었다. 낡은 어린이용 백팩, 해진 운동화와 옷가지는 물론 꼬깃꼬깃한 가족사진까지 가족들의 잠자리 한구석에 늘어놓았다. 비슷한 처지의 다른 가족이 주변에 있다면 인사를 주고받았다. 헤어질 때가 와도 웃으며 인사했다. 내일도 모레도 다시 만날 것처럼. 일상을 꾸리고 있다는 감각을 놓치지 않았기에 하나는 먼저 인사를 건넬 수 있었다.

어떤 상황에서도 스스로 정한 일상을 유지하는 것은 모든 불안으로부터 성실하게 도망치는 하나만의 방법이었다. 가족들과 함께 정착한 대한민국에서 하나는 누구보다 빠르고 깊게 뿌리를 내렸다. 동생이 고등학교까지 마치고 나자 가족들은 모두 떠나온 고국의 인접 국가로 돌아갔지만 하나는 이 땅에 남았다. 10년 만에 얻게 된 영주권 지위가 아쉬웠다든가, 이 나라에 대한 대단한 애정이 있었기 때문은 아니었다. 그저 어디든 비슷비슷하게 망해가고 있다는 것을 확인하고 싶지 않았다. 언제고 돌아가고픈 애틋한 마음의 고향 따위 없다고 인정하는 편이 안전했다. 실망할 우려는 없었으니까. 평생 체념 증후군을 겪고 있는 것은 동생이 아닌 하나였는지도 몰랐다.

다음 주 이 시각으로 예정된 3개월 만의 정기 검진을 알리는 메시지의 요란한 진동이 하나를 현실로 불러들였다. 5년 전부터 추가된 일정은 좀처럼 익숙해질 줄 몰랐다. 눈앞의 텀블러를 집어 들었으나 커피가 남아 있지 않았다. 우박이 잦아들기를 기다리던 시간은 하나가 기억하는 것보다 훨씬 길었으니까. 하나는 책상 위에 놓인 낡은 곰 인형을 집어 들고 쓰다듬기 시작했다.

대왕고래

우리는 차갑게 텅 빈 우주 이곳저곳을 여행해. 자신만의 행성계를 거느릴 만큼 거대한 별의 폭발을 쫓아다니지. 45억 년 전 태양이 만들어지고,

그로부터 15억 년 뒤에 이곳에 도착했을 때 지구는 서서히 식어가는 중이었어. 원시 유기물에서 원시세포가 탄생한 무렵이거든. 도착과 동시에 우리는 생명이라 할 만한 세포 덩어리 속으로 만여 개의 홀씨처럼 흩어져. 다른 행성에 도달한 다른 이들이 어떻게 되었는지 우리는 몰라. 지구가 이후 몇십억 년을 머물게 될 보금자리임을, 이토록 많은 생명을 품을 곳임을 그때는 역시 몰랐지.

뜨겁고 추운 세월을 기다린 끝에 원시세포가 진핵생물로 변화하고, 또 다세포생물이 태어나는 여정에서 우리는 매번 다른 생물 종의 모습을 취하면서 이 세계에 섞여 들어. 과감하게 길을 내고 조심스럽게 지켜보기 위해서야.

무더운 시간이 영원히 계속될 듯한 언젠가, 오랜 세월에 걸쳐 반복된 정성스러운 노력이 어느 때보다 다양한 생명으로 눈부시게 개화하는 날도 오지. 30미터가 넘는 길이에 200톤에 가까운 무게를 지닌 지금의 내 모습은 우리가 그 세월 동안 얼마나 근면하고 성공적이었는지 보여줘.

대략 천 년 주기로 모습을 바꿔온 우리의 절대 목표는 다양성이야. 그 시절에도, 지금도, 얼마가 남았는지 알 수 없는 미래에도 그건 마찬가지야. 이 행성뿐 아닌, 전 우주의 다양성. 그것이 우리의 존재 이유이고, 존재의 유일한 방식이니까. 모든 생명이 서로 겹치지 않고 저마다 다른 생을 최대한 골고루 펼칠 수 있도록, 무작위적인 순환 속에서 예외를 설정하며 틈새를 만들지. 이러한 노력 혹은 실험의 결과물을 요즘 인간들은 돌연변이 혹은 진화라고 부르는 모양이야.

터무니없이 긴 시간 동안 실험과 관찰을 거듭할 수 있는 엄청난 특권 (그걸 특권이라고 부를 수 있다면)에는 엄격한 규칙이 따르는 법이야. 그걸 어길 시에는 우리가 가진 가장 소중한 것, 즉 불멸을 반납해야 해.

영원을 걸고 지켜온 규정은 다음과 같아.

– 생물 종의 번식에 직접 참여하지 않는다.

– 특정 개체의 세포 분화와 재생에 직접 관여하지 않는다.

– 특정 종이나 개체에게 과하게 애착하지 않는다.

근데 아무래도 이건 결국 사랑에 빠지지 말라는 말을 달리 표현한 게 아닌가 싶어. 하지만 사랑 때문이든 아니든 적지 않은 동료들이 필멸을 택해. 가장 최근에 영원을 포기한 녀석이 바로 그 800년 묵은 은행나무 야. 오래도록 나란히 서서 바라보던 다른 은행나무가 벼락을 맞아 죽어 가는 꼴을 보지 못하고 연리連理를 시도해 버렸거든. 그리고 이제 우리의 걱정은, 바로 인간으로 살고 있는 저 녀석이야. (인간이 되기 위해 만든 개체의 이름, '도도'로 자기를 불러달라고 요청할 때부터 이미 수상했어. 우리는 아무도 이름을 가지고 있지 않거든.)

대왕고래로서 살기에 저 규정을 지키는 건 전혀 어렵지 않아. 대왕고래 들은 개별 행동이 기본이니까. 크고 깊은 바다를 종횡으로 누비며 바다가

품은 생명과 그들 사이의 고리를 스캔하고 분석하는 동안, 거의 모든 바다 생물들의 세계와 내 세상은 겹치는 법이 없어.

얼마 전부터 참치잡이 원양 어선에 어미가 희생된 고아 돌고래 한 마리가 주변을 맴돌아. 나와 저를 같은 종족이라고 믿고 있는 것 같아. 저 아이가 나를 따라 깊은 바다로 들어오면 안 될 테니, 일단 심해 헤엄을 삼가고 있어. 물론, 이건 그냥 조심성이야. 애착이 아니라고. 이 녀석이 인간이 아닌 범고래 떼의 사냥으로 어미를 잃은 것이라면 나는 아마 신경도 쓰지 않았을 거야.

이런 덩치의 나에게도 겁 없이 덤비는 것이 범고래이지만 그들에겐 악의가 없거든. 그들에겐 애초에 의도가 없어. 몇 날, 몇 달, 혹은 몇 년 이후의 미래를 도모하겠다며 지금 필요한 양 이상의 먹이를 사냥하지도 않아. 계획은 본디 생명의 것이 아니니까.

인간은 언제부터 시간에 눈금을 매기기 시작했던가. 순환을 인식하는 것은 생의 당연한 본능이지만 이를 잘게 쪼개어 시작과 끝을 정한 것은 인간이 유일했다. 인간이 시간에 부여한 눈금 중 가장 이상한 것은 바로 일주일이다. 해가 뜨고 지는 하루, 달이 차고 기우는 한 달, 계절이 순환하는 1년이라면 모르되, 일주일은 아무래도 이상하다. 일주일이라는 쳇바퀴에 올라선 인간은 시간이 째깍째깍… 그렇게 눈금과 눈금 사이를 성큼성큼 점프한다고 믿는 것 같다. 눈금과 눈금 사이를 채운 지루함과 멸렬함에는 눈감고, 그사이에 묻어둔 불행한 날들의 아우성에는 귀를 닫으면서.

하나 역시 그렇게 영문도 모른 채 동동거리며 일주일을 채웠으리라. 도도는 하나의 일주일을 그릴 수 있었다. 바쁜 것이 당연한 월요일과 자각 없이 지나가는 화요일, 홈페이지와 SNS, 시스템 관리로 마음만 복작대는 수요일, 대부분의 제품 발주가 몰려 있어 몸이 힘든 목요일이 지난 지금, 해원이 원자재 확인을 위해 당일 출장 중인 금요일하고도 오후라면 괜찮을 것이었다. 스마트 팜 어느 구역을 분무기가 훑고 있을 테고, 배양 발효조는 마지막 단계로 진입했겠지. 하나 역시 세상을 벌하는 우박 줄기를 함께 바라봤던 월요일 아침을 떠올리고 있을지도 모를 일이다. 헤어지기 직전 하나가 용기를 내지 않았다면 더욱 미뤄졌을 방문. 하나의 시간이 한 눈금 더 전진했음을 도도는 알고 있었다. 더 이상은 기다릴 수 없었다. 인간의 시간을 따라잡기 위해 한 걸음 내디딜 차례였다.

그렇게 도착한 하나의 스마트 팜 입구에서 도도는 초인종을 누른 뒤 숨을 죽였다. 현관문 앞까지 다가오는 하나의 발소리가 들렸다. 두꺼운 대문 너머 둔탁한 기계음을 음미하며 기다리자 문이 열렸다.

자신을 알아보고 이내 밝아지는 얼굴. 몇 번을 보아도 또 보고 싶은 그 표정을 마주하자 도도는 말문이 막혔다. 세상을 향해 손 내미는 것으로 두려움을 이기려 들던 꼬마 아이가 아직 거기 있었다.

"오늘은 좋다, 날씨가."

함께 보던 우박을 너무 골똘히 생각한 탓인가, 날씨 이야기가 튀어나왔다.

"…안녕하세요."

"지날 일이 있었는데, 네 말이 생각나서."

그래서 놀러 왔다는 말을 차마 끝내지 못했다. 도치법에 생략법이라니, 힘들게 말문을 열려 할 때마다 도지는 몹쓸 버릇이었다.

"지금, 괜찮은가?"

"아, 그럼…"

이제야 생각났다는 듯 하나가 몸을 비켜섰다.

"구경을 좀 하실래요?"

도도가 대답 대신 미끄러지듯 하나의 공간에 들어서자, 묵직한 소리와 함께 문이 닫혔다. 수많은 식물, 새롭게 만들어지는 단백질, 그리고 말을 잃은 둘 사이를 분무기 뿌려지는 소리와 배양 발효조 기계 돌아가는 소리가 채웠다.

정신을 차린 하나가 숙련된 조교처럼 스마트 팜 안내를 시작했다. 둘은 각종 허브와 나물, 그리고 몇몇 낮게 자라는 과일들이 줄지어 자라는 골목들을 함께 훑어나갔다. 하나는 인근 유치원이나 학교와 연계하여 각종 견학 프로그램을 진행해 본 경험 덕분인지 준비된 스크립트를 술술 읊어나갔다.

각기 다른 온습도에서 자라는 종별 미소微小 서식 환경을 구축하여 관리 중인 허브 섹터는 완벽했다. 남들보다 키가 작거나 뒤편에 위치해서 통풍에 불리한 개체들이 숨통을 틔우도록 독려하면 그만이었다. 도도가 손을 뻗어 민트와 바질과 타임과 딜과 로즈메리 등 저마다 다른 키를 지닌 풀들의 머리를 손바닥이 닿을 듯 말 듯하게 훑었고, 이파리들은 모두 그 허물없는 손짓에 반응하며 숨을 들이켰다.

도도는 참나물, 곰취, 미나리, 쑥갓, 쑥, 씀바귀, 달래, 도라지, 돌나물 등의 나물 섹터에서 가장 많은 공을 들였다. 본디 높은 고도를 선호하는 나물은 스마트 팜 같은 인공 환경에서 재배하기 까다롭기로 유명했다. 제아무리 최고급 종자와 배양토를 사용해도 발아부터 쉽지 않았다. 도도는 걸음을 늦추고 식물의 정수리가 아닌 발치를 훑었다. 유전자에 각인된 서늘한 땅의 기운을 조금이라도 더 불어넣었다. 고사리 앞에선 아예 멈춰 섰다.

"이거, 진짜 오래된 풀이야."

"어떻게 아셨어요? 처음부터 키웠던 종자예요. 우리 농장 효자 상품 중 하나라서 늘 고마워하고 있죠. 비건 식당이나 반찬 가게에선 고기 같은 식감을 가진 채소로 인기가 많대요. 농업에 일가견이 있으신가 봐요? 아니면 식물 키우기?"

오랜 친구를 만나기라도 한 것처럼 미소를 머금은 채 고사리를 바라보던 도도가 느릿느릿 대답했다.

"키우는 걸 오랫동안 해오긴 했지."

자연스럽게 두 사람은 나물, 허브, 과일 등에 대한 서로의 단상이며 취향을 주고받았다. 스마트 팜 내 미세 환경이며 식물종의 생장 조건에 대해 도도가 몇 가지 조언을 남기기도 했다. 낮은 웃음과 조심스러운 수다가 이어졌다.

금요일 오후, 한 눈금의 시간이 그처럼 흐른 뒤 날이 저물고 있음을 먼저 깨달은 것은 도도였다. 가야 할 때였다. 현관으로 향하는 도도를 반걸음 정도 뒤에서 하나가 뒤따랐다. 도도가 걸음을 멈추고 작업대 한쪽을 차지한 낡은 곰 인형을 물끄러미 바라보았다. 그 틈에 하나가 물었다.

"어디로 가세요?"

"여기서 가까워."

느릿느릿 겉옷을 입고 스카프를 두르면서도 도도는 곰 인형에게서 눈을 떼지 않았다.

"며칠 뒤엔 좀 더 멀리 다녀오려고."

다녀오는 것은 괜찮았다. 떠나는 것이 아니라면.

"출장?"

"비슷해. 그리고…"

하나가 의아한 표정으로 도도를 바라보았다.

"조만간 멀리 떠날지도 몰라."

조만간 언제, 멀리 어디로. 그건 도도 역시 알 수 없었다.

"다들 떠나는군요."

하나가 중얼거렸다. 그러나 곧이어 짐짓 밝아진 목소리로 물었다.

"근데 나이가 어떻게 되세요?"

갑작스러운 질문에 도도는 말문이 막혔다. 사실대로 말할 수는 없는 노릇이었다. 실제로 자신의 나이를 가늠하는 것은 불가능한 일이었으므로.

"먹을 만큼 먹었지. 아니, 그 이상."

아무래도 이상한 대답이었지만 어쩔 수 없었다. 하나가 이해할 수 없는 언어로 적힌 답안지를 살피는 학생 같은 얼굴로 도도의 얼굴을 바라보더니 말했다.

"반말이 너무 자연스럽길래…"

도도는 그저 존댓말을, 나이나 계급처럼 폭력적일 만큼 단순한 기준을 앞세우는 한국어의 존대법을 싫어했다. 그러므로 하나에게 사용한 것은 반말이 아닌, 그저 평어에 가까웠다. 모든 기준으로부터 자유로운 처음 그 상태의 말투.

"바꿀까?"

"아뇨? 아니에요. 지금 좋아요."

"나도, 나도 반말이 좋아. 그냥 서로 편할 대로…"

"네, 편할 대로. 저는 이게 편해요."

존대를 서로 생략해도 좋지 않겠냐는 도도의 숨은 제안을 알아듣기라도 한 듯 하나가 재빨리 선수를 쳤다. '편할 대로'라는 말을 도도가 곱씹는 동안 하나가 다음을 기약하는 인사를 건넸다.

"떠나기 전에, 꼭 다시 봐요." 이를 위해 적지 않은 용기를 내야 했음을 도도는 알았다. 하나는 언제나 그랬다. 밖이 아닌 안에서부터 힘을 끌어모았다. 도도는 하나의 그런 면이 좋았다. 게다가 다음을, 미래를 기약하는 것은 도도 역시 좋아하는 일이었다.

*

스마트 팜 생산품 중 가장 인기가 많은 제품은 수제 비누였다. 판매량과 수익이 늘 비례하는 것은 아니지만. 농장에서 재배한 허브를 수공업으로 건조시켰고 거의 모든 공정에서 천연 재료만을 사용했다. 아무리 인기가 좋아도 품질 관리를 위해 소량 생산에 머물 수밖에 없었다. 비누에 문구를 각인하고 완전 건조 후 재활용 종이로 포장하는 등의 마지막 단계까지 모든 공정이 노동 집약적인 수작업이었다. 주문 납품 기일을 맞추기 위해 주말 오후를 헌납하는 일도 허다했다.

데이트 직전의 틈새 시간을 이용하여 주말 근로 수당을 벌던 해원의 심기가 오늘따라 불편했다.

"대표님, 우리 이거 실리카 겔 넣어서 포장해야 돼요."

"왜, 금방 꾸덕꾸덕해진다고 불만이래요?"

"그리고 포장지도 예쁜 디자인 들어간 걸로 바꾸고요. 그게 아니면 영어 신문이라도 흉내 낸 뭐 빤닥거리는 종이라든가."

개별 포장을 최소화하고 모든 포장재를 친환경으로 신경 쓰다 보면 두루두루 경쟁력이 떨어졌다. 하나가 제품의 정체성을 훼손할 수 없다며 고집하는 모든 공정에 해원은 생각날 때마다 태클을 걸었다. 평판과 매출이 오른다고 자신의 월급이 오르는 것도 아닌데.

"돈 아끼려고 했네, 안 했네, 이런 말 짜증 나잖아요. 우리도 생각한 게 있어서 이러는 건데. 일일이 설명하면 구질구질하다고 뭐라 하고."

해원이 합류하자마자 하나가 제일 먼저 떠넘긴 것이 소셜 미디어 및 주문 앱의 리뷰 응대였다.

"바질 올리브 비누에 들어 있는 바질 말려서 요리 가니시로 쓰면 안 되냐는 거예요. 천연 비누라면 그래도 되는 거 아니냐고."

종이를 접는 손을 멈추지 않은 채 해원이 말을 이었다.

"그래도 나물 상태가 좋아져서 다행이에요. 수확량뿐 아니라 내내 싱싱해서 볼 때마다 기분이 좋더라고요. 다른 업체들도 올해는 영 별로 같던데."

해원이 어느새 업계의 소문을 꿰면서 생산 품목들을 체크하고 있었다. 언제나 열심이면서도 즐기는 듯 보이는 해원이 고맙고 기특했다.

지난주 도도가 다녀간 뒤로 나물뿐 아니라 모든 식물의 상태가 더 좋아졌다. 콕 집어 말할 수 없는 변화들 모두가 도도에게서 비롯된 것 같았다. 도도의 손길에 반응하며 안색이 밝아지던 이파리들을 하나는 똑똑히 보았다. 식물과 교감하는 식물 친화적인 사람들이 있다는 말을 들은 적이 있었다. 생각해 보면 그날 그 오래된 은행나무 앞에서도 그랬다. 그처럼 많은 인파 속에서도 타인의 시선은 개의치 않고 나무에 집중했던 도도는 눈에 띄었다.

"이렇게 다 괜찮아지면 참 좋겠다."

하나가 중얼거렸다. 정말 그랬으면 좋겠다. 거짓말처럼, 기적처럼, 요정의 마법처럼 모든 것이 스르륵. 시들시들 한시도 평탄치 못한 채 끌어오더니 급기야 끝이 보이는 자신의 인생도 그렇게.

5년 전이었다. 지독한 피로와 어지럼증, 손끝에서 감지되는 순간적인 감각 이상 등의 크고 작은 증상으로 정밀 건강 검진을 받았고, 극심한 부정맥이 발견됐다. 추가 검사가 끝도 없이 이어진 끝에, 일반적으로 부르는 이름도 존재하지 않는 희귀

유전성 질환을 발견했다. 완치는 불가능했고, 치명적인 상태에 이르지 않으려면 꾸준한 관리가 필요했다. 촘촘한 추적 검사는 필수였다. 완전히 낫거나 좋아지기를 바라는 것이 아니라 나빠지지 않기를, 혹은 천천히 나빠지기를 바라는 것이 최선이었다. 3개월에 한 번씩 1시간 정도에 걸쳐 정기 검사를 받고, 담당의를 만나 간략하게 경과를 보고하는 일정이 추가됐다.

하나는 질문이 많지 않았고, 담당의의 진단은 대부분 세 문장을 넘어서지 않았다.

'다행히 크게 나빠지지 않았군요. 처방전은 지난번과 같습니다. 3개월 뒤에 봅시다.'

그런데 지난 금요일에는 달랐다. 익숙한 세 문장이 아니었다. 훨씬 길었다.

'어떻게 갑자기 이렇게 나빠졌는지 모르겠군요. 이대로는 안 됩니다. 빠른 시일 안에 신장과 간 모두 이식이 필요합니다. 둘 중 무엇이 더 급한지도 모르겠어요. 이식에 성공한다 해도 일상을 완전히 보장할 수는 없습니다. 확실한 것은 이식하지 않는다면 지금과 같은 일상을 보내는 것이 불가능하고 모든 것이 급속하게 나빠지리란 것 정도입니다.'

모르는 게 너무 많은 의사 앞에서, 하나는 순식간에 눈금과 눈금 사이의 깊은 틈으로 빨려 들어갔다. 세상이 나빠지는 속도를 앞질러서, 불행한 날들에게 덜미를 잡힌 자신을 남처럼 바라봤다. 연고 없는 땅에서 모든 조건에 부합하는 장기 이식자를 찾는 것은 지나친 요행이었다. 더 이상의 기적은 기대할 수 없었다.

불행한 날들에 쫓겨 점점 더 멀리까지 도망치듯 잠을 청하면 다음 날 아침 전날 밤의 소원이 하나씩 이뤄져 있던 날들. 그것은 오직 40년 전 한국에 도착한 직후 몇 년에 집중된 시간 동안만 가능한 일이었다.

네 식구가 함께 신세를 질 만한 호스트 가족이 나타났고, 아빠가 학위를 인정받아 일자리를 찾자마자, 엄마의 기술을 필요로 하는 사람이 연락을 해 왔다. 동생이 깨어났고, 하나에게 일대일 후원인도 생겼다. 그렇게 조금씩 하나의 가족들이 한국에 뿌리를 내린다고 느끼던 날들. 하나는 자신의 소원이 이뤄지는 비밀스러운 마법을 어렴풋이 느끼면서도 아무에게도 그 사실을 알리지 않았다. 세상의 모든 마법은 남들에게 알리면 효력이 사라지는 법이었으니까.

더 이상 마법이 함께하지 않는다고 확신한 것은 초등학교 때부터 단짝이었던 친구의 SNS 비밀 계정을 우연히 알게 됐을 때였다. 중간고사가 끝난 날은 동생의 생일이었다. 1년 가까이 모은 후원금으로 최신 스마트폰을 사러 가는데 동행한 친구의 비밀 계정에서 하나는 그날 밤 포스트를 발견했다. 나라도 없이 떠돌아다닌 게 불쌍해서 같이 놀아줬는데, 그럴 필요 없었다는 내용이었다. 후원금으로 자신도 엄두를 못 내는 고급 스마트폰을 동생 생일 선물로 사더란 비아냥이었다. 이에 동조하여 더한 말을 늘어놓는 댓글들이 셀 수도 없이 이어졌다.

그러나 하나는 다음 날도 그다음 날도 아무것도 모른다는 듯 그 아이와 함께 다녔다. 어떻게 그럴 수가 있냐는 비난도, 1년에 한 번 평생 꿈도 꾸지 못했던 사치를 동생에게 선물하고 싶었던 것뿐이라는 변명도 하지 않았다. 모든 기대를 지운 채 그 아이와 시간을 보내고 졸업과 함께 연락을 끊었다. 그리고 다시는 친구를 만들지 않았다. 마법에 의지하지 않는 어른이 되기 위해 스스로를 다그쳤다. 그렇게 달려온 끝에 이런 끝에 도착하다니, 어쩐지 헛웃음이 나왔다.

이상한 일이었다. 어찌할 도리가 없는 소식을 받아들이는 동안 하나의 머릿속에 떠오른 것은 기억도 나지 않는 고향이나 가족, 평생을 일군 사업이 아닌 도도였다. 더 알고 싶고, 또 보고 싶고, 자꾸만 옆에 두고 싶은 얼굴을 또다시 가지게 될 줄은 꿈에도 몰랐는데.

티르숩테리스 엘레간스

여기는 남태평양 칠레 연안의 작은 섬이고 나는 나무고사리의 일족이
다. 키가 조금 작을 뿐인 평범한 나무처럼 보이지만 씨앗 없이 번식하는
양치식물의 당당한 일원이다. 3억여 년 전부터 지구에 뿌리를 내린 이들
은 현존하는 그 어떤 생물종보다도 긴 족보를 가지고 있다. 양치류가 뭍
을 거의 뒤덮다시피 번성하던 때가 있음을 기억해 주시길. 그렇게 2억 년
이 흐를 때, 세상은 지금보다 훨씬 단순하고, 우리의 목표 역시 단순하다
는 것도.

우리는 단조로운 생물종을 최대한 다양하게 만들기 위해, 물에서 태어
난 생명을 뭍으로 이끌고, 극한의 환경에서 살 수 있는 물리적 조건을 갖
추게 돕는다. 동물과 식물, 뭍과 물의 경계가 불분명한 그곳에서 우리는
관찰자가 아닌 실험가라고 불러야 마땅하다.

어디로 통할지 알 수 없는 길을 만들며 우리는 모두 신이 난다. 존재의
여러 방식, 생명의 여러 길만이 영원을 보장한다고 믿는다. 능력 있고 부
지런하며 믿음으로 충만한 우리 신도들의 실험이 가장 큰 결실을 맺은 것
은 5, 6억 년 전쯤 몇천만 년간 이어진 생명의 대폭발기였다. 결국 우리

가 이 행성의 생명에 대한 통제를 잃게 되리라는 예언은 아직 힘이 없고, 대멸종이 온다 해도 이는 이후의 더 큰 풍요를 약속한다.

온갖 가능성을 품고 있으면서 모든 것이 그저 단순하고 고요한 그때 우리는 먼저 식물을 내세운다. 까마득한 시간이 모두 우리 편이라면, 그저 많은 생명을 다양한 환경에 전파함에 있어 식물은 최고의 모험가이니까. 식물은 씨앗 속에 다음 생의 약속을 저장한 채 혹독한 환경을 견디며 먼 길과 오랜 시간을 마다하지 않고 동물의 발과 호흡기, 위장은 물론, 바람과 물까지 모든 것을 이동 수단으로 이용한다. 딱딱한 껍질을 갖춰 동물의 소화기관을 견디고, 어마어마하게 크기를 키워 공기를 품은 채 먼 바다를 건너는 도약을 우리가 돕는다.

동물도 마찬가지. 풀을 뜯는 동물과 이들을 먹이 삼는 포식자들이 마른 벌판을 건너고, 물밑을 헤엄치는 많은 동물들이 깊은 바다를 건너고 하늘을 나는 새는 한시도 날개를 쉬지 않고 지구를 반 바퀴씩 돌아 살아남을 수 있는 환경에 끝내 도착한다. 우리는 오랜 시간 속에 거듭한 온갖 시행착오를, 유전자라고 불리는 각각의 생명 지도에 각인한다.

그러나 그 무렵 많은 동물종을 대상으로 광범위하게 진행한 실험 하나가 먼 훗날, 독성 가득한 비책으로 밝혀진다. 동물이 하루치 활동을 마친 뒤 휴식을 취할 때 온몸을 관장하는 뇌에게 조금 다른 보상을 주기로 한 그 실험. 전날의 모든 고통을 지우고 새로운 날을 시작할 수 있도록, 혹은 새날에 맞이할 모든 위험에 대비하여 스스로를 단련할 수 있기를 바란 것뿐이다. 먼 훗날 인간은 이를 '꿈'이라고 부르지만 절대로 인간만의 것은 아닌 실험이다. 그런데 그것이 어째서 인간에게만 그토록 강렬한 역할을 하는지 늘 궁금하다.

두려움 많고 능력은 보잘것없는 인간의 조상은 몇천 킬로미터 밖을 헤매기 위해 길을 떠나기 전 꿈을 꾼 것이 분명하다. 우리 중 누구도 의도한 적 없는 생물 개체의 '바람' 혹은 '호기심'이란 것이 거기서 비롯된 것이 확실하다. 필요를 넘어서는 욕망이, 우리 중 누구도 가져본 적 없는 개별성이 인간에게서 자라기 시작한다. 우리는 그 역시 다양성으로 통하는 또 다른 길이 되기만을 바란다. 도도가 인간의 조상에게 관심을 가지게 된 것은 그 무렵이다.

불과 500만 년 만에 그렇게 파국이 온다. 행성의 시간이 점점 빠르게 흐르고 이제는 아무도 걷잡을 수 없다. 그리고 지난 몇만 년 동안 도도는 계속해서 인간 주변을 맴돈다. 끝을 향해 달음질치는 세상에서 저무는 식물종으로 살아가는 것도 나쁘지 않은데 도도는 그걸 모르는 것 같다.

아주 오랜 식물로 고립돼 살아가는 고요한 하루하루. 먼 옛날처럼 느릿느릿 흐르는 시간에 온몸을 맡긴다. 호기심 넘치는 실험가의 시기를 지나 애정 어린 관찰자 시절도 슬슬 끝이 보인다. 더 이상은 아무것도 궁금하지 않다.

먼 하늘을 날아온 새들이 남녘 들판 곳곳에서 날개를 쉬고 있다. 지평선에 가까워진 태양을 인지한 몇몇이 기지개를 켜듯 날아오르자, 다른 새들이 눈도 뜨지 못한 채 뒤따랐다. 서로 부딪히지 않으면서 한 방향으로 나아가려는 이들의 군무가 시시각각 모습을 바꾸며 두 번 다시 반복될 수 없는 그림을 만들었다. 먼 거리와 긴 시간을 사이에 두고 바라본 세상 혹은 우주는 그렇게 서로 닮았다.

길고 혹독한 마지막 빙하기가 끝나갈 무렵, 좀 더 풍족한 먹이를 찾기 위한 새들의 모험이 계절의 순환을 따르기 시작했다. 시간이 좀 더 흐르자 인간들이 강과 바다가 서로 만나는 곳으로 모여들어 농사를 짓기 시작했다. 비옥한 습지는 그렇게 여정의 중간 기착지 혹은 최종 목적지로 안성맞춤이 됐다. 당연히 이 또한 도도와 도도의 동료들이 공들여 진행한 실험의 결과였다.

그들은 저마다의 모습으로 각자가 주로 머무는 지역과 그 주변 일정 면적의 생태계를 관리했다. 인간이 행성 전체를 장악한 이래, 대기권의 경계부터 가장 깊은 해구의 바닥까지, 인간에 의해 망가지는 구석구석을 도도와 그 동료들은 목도해 왔다. 인간의 몸으로 인간과 함께 살아가고 있는 도도에게 이는 그저 일상이었다.

그들의 눈앞에서 지난 800년 동안 단 하나의 종이 바이러스처럼 이 행성을 잠식해 갔다. 오래전 땅속에 묻은 생명을 인간들이 파헤쳐 산업화라는 거대 기계의 피로 소모했고, 진보라는 이름으로 몇만 년 동안 자신들이 공들여 가꾼 생명들을 인간들이 질식시켰으며, 스스로의 수명을 극단적으로 늘린 첫 세대가 채 저물기도 전에 위기가 도달했다. 물론 인간들은 이를 바로잡을 생각도 능력도 없었다.

인간이 된 이래, 도도는 성실한 검침원처럼 1만 년 남짓 수십 종의 철새들이 남과 북을 오가며 찾아드는 이곳을 방문한다. 최근 몇백 년 아니 몇십 년 사이에 이곳은 급하게 죽어갔다. 몇몇 인간의 노력으로 철새도래지 환경이 재정비된 직후 강 하구를 찾는 철새의 개체가 조금씩 늘어난 적도 있었다. 하지만 위기의 여파가 광범위했고, 돌이키기 위한 노력은 늦거나 미미했다.

겨울 철새가 먹을 낟알이 넉넉히 남아 있던 농지가 사라졌고, 습지는 숨구멍을 잃었다. 북쪽에서 태어나는 겨울 철새의 수 역시 급격하게 줄었다. 먼 길을 떠나야 한다는 본능을 상실한 별종이 늘었다. 헤아릴 수 없이 많은 종의 새들이 찾아와도 모든 깃을 감춰주던 풍성한 갈대밭이 듬성듬성 민머리를 드러냈다.

지구 저편에서 도도의 다른 동료들이 진행한 마지막 실험 때문이라면 좋겠지만, 그저 인생 주기의 끝에 다다른 행성 생태계의 자연스러운 귀결이라고 보는 게 옳을 것이다.

그렇다 해도, 마지막 순간까지 외면할 수 없는 임무가 있었다. 몇십 년 전까지 도도는 이곳에서 습지 생태계의 에너지 순환에 집중했다. 더 이상 가망이 없다는 것이 확실해진 뒤로는 고된 여정을 반복 중인 철새의 마지막 날들이 좀 더 평안할 방법을 찾고 있다. 도도의 발자국을 따라 미생물 개체가 늘었다. 손이 스친 풀에 반짝 생기가 돌았다. 오래갈 수 없는 임시방편 혹은 연명 치료에 불과했지만. 거친 보폭으로 미끄러지듯 갈대숲을 가로지르는 도도의 모습을 두루미들이 무심하게 바라봤다.

이곳에 올 때마다 도도는 그 무엇도 착취하지 않는 '일상'이란 알지 못하는 것처럼 살고 있는 인류를 향한 애증이 증폭됐다. 필요를 웃도는 잉여가 문명 설립의 필수 조건이라고 한다면, 필요 이상으로 무엇인가를 생산한다는 것은 결국 착취를 의미할 뿐임을 인간은 영원히 알지 못할 모양이었다.

도도는 헷갈렸다. 이곳에서 느끼는 애틋한 슬픔 혹은 분노가 살길을 잃어버린 생태계를 향한 것인지, 고작 이런 결말을 보려고 영겁의 시간과 우주의 에너지를 투자한 자신과 그 동료들을 위한 것인지, 인간 혹은 그런 인간에게서 눈길을 떼지 못한 스스로에 대한 것인지.

기억할 수 없는 먼 옛날부터 도도의 마음은 어리고 약한 것들에 오래 머물렀다. 무리에서 떨어져 눈밭을 헤매는 새끼 동물, 반짝 따뜻해진 기온을 못 이겨 올린 꽃망울을 늦겨울 추위에 잃은 나무, 내일의 끼니를 걱정할 새 없이 오늘의 저녁을 동생에게 양보하는 아이처럼. 손에 손을 잡고 주변을 보듬어 지키려 애쓰지만 더 이상 나아갈 수 없는 생명에게. 이들은 스스로를 불쌍히 여길 줄도, 불운의 원인을 묻는 방법도 알지 못했다. 시간의 지평은 물론이고, 시간이라는 개념조차 없었기에 그들에겐 다가올 내일에 압도될 일도, 어제로 인해 애틋할 일도 없었다. 그들이 아니었다면, 여기와 지금에 최선을 다하는 방법을 도도는 영원히 알지 못했을 것이다.

도도가 굽혔던 허리를 폈다. 하나에게 닥쳐올 또 다른 불운을 생각했다. 결정을 내려야 했다.

인간 세계에만 존재하는 나쁜 것들은 우주에 존재하는 항성의 수만큼 많고 많지만, 그중 으뜸은 '소유'가 아닐까. 지극히 최근에 태어나 놀랍도록 빠른 속도로 자리 잡은 이 개념을, 인간들은 땅과 하늘과 돌멩이와 꽃과 나무는 물론 움직이는 동물과 인간 자신에 이르기까지 적용한 뒤 공기처럼 자연스럽게 여겼다. 인간이 겪는 문제의 대부분이 이를 둘러싸고 발생한다.

*

하나와 해원이 대여섯 군데의 로컬 식당에 나물과 허브를, 두 군데의 채식 식당에 배양육을, 그리고 수백 명의 구독자들에게 친환경 비건 식재료를 포장하여 납품하는 목요일. 10여 종의 식물을 저마다의 방식으로 수확하여, 발주량을 체크한 뒤, 신선도를 유지할 수 있도록 특별 포장하는 일련의 단계에는 꼬박 한나절이 소요됐다. 미리 건조해 둔 제품이라면 단계별로 다른 친환경 포장법을 사용하여 손상되지 않도록 신경 써야 했다.

모든 일을 마친 하나와 해원은 작업 테이블 위에 널브러졌다. 포장 실수로 폐기 처분해야 할 허브 티백을 우릴 때면 자잘한 상념이 이어졌다. 이번 주 초부터 다시 상태가 나빠진 나물들이 걱정이었다. 언제나 납품량은 파본을 고려하여 예상 수확량보다 훨씬 밑돌도록 유지했기 때문에 당장의 큰 문제는 아니었지만, 나물 스타터 자체가 올해 내내 문제가 많았다. 도심형 스마트 팜을 대상으로 물건을 공급하는 곳이 경영 부실로 품질이 안 좋아졌다는 말도 있었고, 스타터에 포함된 영양토의 주재료 인 볼로늄의 주요 생산국이 전쟁에 휘말리면서 수급에 차질이 생겼다고도 했다.

"어엇!"

갑자기 해원이 목소리를 높였다. 창밖이 온통 하얬다. 눈이었 다, 그것도 함박눈. 며칠 전 우박이 내리꽂히던 때와 얼핏 비슷 하지만 전혀 달랐다. 쌓이는 눈이 모든 소리를 덮어버리기라도 한 듯 고요했다. 근 몇 년 동안 보지 못했던, 아니 어쩌면 처음 보는지도 모를 소낙눈에 말문이 막혔다. 한국에서 처음 눈 내리 는 광경을 목도했을 때만큼의 충격이었다. 누군가와 바쁘게 문 자 메시지를 주고받는 해원에게 하나가 물었다.

"남친?"

동네 친구에서 애인 사이가 된 것이 두 달 전이라고 들었다.

"눈 더 쌓이기 전에 만나서 함께 봐야지, 이런 건. 이만 퇴근 하세요, 어차피 1시간 정도밖에 안 남았는데."

눈처럼 하얗게 밝아지는 해원의 얼굴에 하나 역시 미소가 떠 올랐다. "아유, 그래도 그럴 순 없죠" 하고 평소라면 건넸을 빈 말도 생략한 채 짐을 챙긴 해원이 정문을 나서며 외쳤다.

"안녕히 계세요! 다음 주에 봬요!"

하나는 스마트 팜 내부를 맴돌다 사라지는 해원의 씩씩한 목소리를 곱씹으며 남은 티를 홀짝였다. 해원처럼 당장 내가 지금 보는 풍경을 전하고 싶은 누군가를 하나는 고등학교 시절의 단짝 친구 이후 가져본 적 없었다. 모든 것을 뒤덮는 함박눈 덕분에 나비 떼가 날아오르려는 듯 가슴이 간질거렸다. 그리고 날아온 문자 메시지.

당연히 비보였다. 스마트 팜이 자리한 폐공장 건물주가 당연하다는 듯 나쁜 소식을 통보해 왔다. 처지가 딱한 먼 친척이 이 건물에 커피숍을 차리려 한다고, 자신도 땅 주인에게 임대료를 내는 처지인데 그 월세 또한 인상됐다며 앓는 소리까지 덧붙여서. 그렇게 또 묵직한 문 하나가 완전히 닫혀버렸다.

삭막했던 동네에 요사이 갈 곳이 많아졌다며 기뻐했는데, 악명 높은 개발 사이클이 점점 더 빨라진 모양이었다. 스마트 팜을 운영하기 전, 건물 없이 그저 땅과 토양만이 필요했을 때, 땅 주인에게 세를 내며 농사를 지을 때도 임대료는 문제였다.

따지고 보면 그렇게 비참할 이유도 없었다. 어차피 사업은 정리해야 했으니까. 어떻게든 해원에게 물려줄 수 있을 정도로 사업을 번듯하게 만들고 싶었는데 그마저도 힘들어 보인다는 게 많이 아쉬웠다. 하나는 곰 인형을 끌어안고 바깥을 바라보았다.

눈발이 잦아들자 사람들이 몰려와 차량 진입이 막힌 골목길에서 눈놀이를 시작했다. 한 커플은 부지런히 눈 오리를 만들었고, 근처 카페의 몇몇 직원들이 눈싸움을 벌였다. 동네 친구인 듯 보이는 중학생 세 명이 눈사람을 만들려는지 자그마한 눈뭉치를 굴리기 시작했다. 골목의 한쪽 끝에서 다른 쪽 끝에 닿기도 전에 주먹만 하던 작은 눈덩이가 거짓말처럼 불어났다.

꿀벌

지구는 우리 모두가 함께 가꾼 텃밭이에요. 몇십억 년 동안 내내 살피고 거둔 생명에 어떻게 무심할 수 있겠어요? 막힌 길 앞에서 힘들어하는 모든 생명에 신경이 쓰는 것이 우리의 집단 본능이고요.

존재하는 길의 절반 이상이 사라지는 소위 대멸종은 자연스러운 일이고, 대여섯 번이나 겪었던 그 시기라고 특별히 더 고통스럽지는 않아요. 100만 년에 이르는 긴 시간에 걸쳐서 일어나는 일이고, 보통은 더욱 풍요롭게 피어날 다양성을 위한 준비 단계니까요. 우리가 의도할 때도 있고. 하지만 고작 백 년 남짓한 시간 동안 몇백만 종이 자취를 감춘 지금은 전혀 상황이 달라요. 이건 대학살이에요. 다양성이라는 단 하나의 목표만을 앞세운 우리가 '학살'을 계획할 리가요.

저는 지금 꼬마꿀벌이에요. 원래라면 앞으로 700년은 이어져야 할 지금 이 모습이 얼마나 지속될 수 있을지 알 수가 없네요. 생명의 순환이 풍부해질수록 우리가 한 생물종의 꼴을 유지하는 기간이 짧아지는 거야 어쩔 수 없는 일이죠. 그 기간이 천 년을 넘지 않게 된 지 좀 됐는데, 그마저도 점점 짧아지는 중이에요. 과연 우리가 지금의 모습 이후 어떤 형태로 이 행성에 머물게 될지, 아니 다른 꼴을 가질 기회를 얻을 수나 있을까요?

수십억 년 동안 몇십만 종류의 삶을 살았지만 꼬마꿀벌종이 속한 꿀벌속이 20세기부터 겪어온 대량 절멸 사태는 정말 어리둥절해요. 일벌들이 집으로 돌아오는 방법을 잊고 헤매다 땅으로 떨어져요. 벌집의 여왕벌과 유충들은 돌아오지 않는 일벌들을 기다리며 죽어가요. 그뿐인가요. 산불과 홍수와 가뭄이 우리를 태우고 굶기고 말려 죽여요. 이럴 순 없어요.

그간 많은 종이 처음과 끝을 맞이했지만 사실 꿀벌은 그중에서도 특별해요. 개미나 벌이 지닌 집단으로서의 정체성은 우리가 각별하게 신경을 쓴 실험 중 하나이니까요. 우리는 꿀벌의 조상에게 꽃의 꿀맛을 알려주고, 개미에게는 인간보다 5000만 년은 더 빨리 농사를 짓는 방법을 보여줬어요. 그 결과 온갖 속씨식물의 진화가 속도를 올리고, 결국 생태계 다양성에 엄청나게 기여하면서 멋진 결과를 얻었지요!

우리가 지닌 가장 강력한 무기이자 도구는 시간밖에 없어요. 커다란 땅을 갈라 대륙을 만들고, 바다 밑이 물 밖으로 솟구쳐 험난한 산맥이 되게 하는 것도 모자라, 다시 그 산의 모든 바위를 모래로 갈아 사막으로 변하게 하는 것도 모두 시간이 하는 일이에요. 그런데 인간은 달라요. 찰나에 불과한 시간에는 벌벌 떨면서도 자기네 깜냥을 벗어난 시간은 두려워하지 않죠. 수천 년에 걸쳐 짐승이 지나다니며 산속에 길을 내던 때를 끝장낸 걸 봐요. 한나절 만에 몇백 그루의 나무를 베고 셀 수 없이 많은 생명의 터전을 파괴하고는 넓은 길을 만들어요. 그 모든 걸 돌이키려면 얼마나 시간이 필요할지 관심도 없죠. 이 행성에서 인간이 만든 길로 뒤덮이지 않은 곳은 이제 거의 없어요.

하지만 난 상관하지 않아요. 지금 내 옆에서 밤을 보낸 꿀벌 개체가 내일 저녁 집으로 돌아오지 못한다 해도 괜찮아요. 개체들끼리 연결과 접촉을 갈구하는 것은 우리가 직접 이 행성 생명 전반에 심은 특성이지만, 우리는 다르죠.

문제는 그 녀석이에요. 망측하게도 이름까지 만들어선 그렇게 불러달라고 강요한 녀석. 인간 주변을 끊임없이 맴돌 때부터 알아봤어요. 녀석은 인간의 몸이 되기 전부터 인간의 자질을 먼저 갖추더군요. 뻔한 위험을 외면하는 호기심 같은. 사실 인간이 호기심을 우리의 실험 어디쯤에서 장착하는지 그건 좀 가물가물해요. 우리가 그보다 먼저 인간의 조상에게 언어를 준 건 확실해요. 그 언저리에서 호기심을 발견한 거죠. 인간들은 동굴 어귀에서 모닥불을 피워둔 채 바라보던 하늘과 하늘을 가득 채운 별을 궁금해하더니 결국 그걸 설명하는 이야기를 만들더군요.

마음을 만든 것도, 다른 개체나 종의 마음을 만든 것도 모두 그 이야기 같아요. 존재의 경계를 넘어 더 큰 것을 떠올리고, 지금과 자신이 아닌 것을 위해 당장의 이익을 포기하더니, 그 이후로 인간과 인간의 세상이 우리가 따라잡을 수 없는 속도로 변하기 시작했어요. 결국 종이 태어난 지 20만 년 만에 자신이 태어난 행성의 경계를 벗어나요. 그때 깨달았어요. 떠날 때가 머지않다는 걸.

온 세상을 집어삼키는 산불과 전염병이 어디에서 시작되었는지 가늠할 수 없을 때, 영원히 계속될 것 같은 겨울과 폭우가 언제 끝날지 짐작도 할 수 없을 때, 도저히 뛰어넘을 수 없을 듯한 맹수와 허기를 어떻게 극복해야 할지 헤아릴 수 없을 때. 인간은 이야기를 만들어 스스로를 구했다. 적어도 하나는 그랬다. 임시 거처를 옮겨 다니던 시절, 아침이 밝는 것이 두려운 밤이면 하나는 엄마에게 이야기를 구걸했다. 피곤에 지친 엄마는 언제나 같은 이야기를 들려줬다.

비옥한 들판의 끄트머리에 사이좋은 부부와 두 딸이 살았지. 어느 날 부모가 모두 세상을 떠나자, 심술궂은 언니는 모든 재산을 다 차지해 버렸어. 그러고는 불쌍한 동생에게는 들판의 까마귀를 쫓는 일을 맡겼어. 어느 날 울면서 까마귀들을 쫓는 동생에게 용감한 까마귀 한 마리가 다가와 귀띔한 거야. 옆 나라로 가면 모든 게 잘될 거라고. 고민 끝에 짐을 챙겨 길을 떠나는 동생의 등에 이번엔 불행한 날들이 척 달라붙어 말했어. 왜 우리는 데리고 가지 않는 거지? 우린 너의 것인데. 불행한 날들을 등에 업고 길을 걷던 동생이 타는 목을 축이기 위해 시냇가에 들렀어. 그리고 짐을 챙겨 온 가죽 부대를 비우고는 불행한 날들을 설득했지. 힘들 텐데 여기 들어가렴. 불행한 날들이 모두 안으로 들어가자 동생은 입구를 꽁꽁 묶어서 시냇가에 묻어버렸어. 그리고 멀리멀리 계속해서 걸어갔어. 불행한 날들이 쫓아오지 못하도록.

그 길의 끝에서 이야기 속 동생이 도착한 곳이 어디였는지 엄마는 말해주지 않았다. 불행한 날들이 동생을 따라잡을까 봐 불안해하면 동생의 길은 한없이 길어졌다고만 했다. 엄마의 엄마가, 엄마의 엄마의 엄마로부터 들은 이야기를 엄마에게 해준 이야기라고 했다. 어쩌면 엄마도, 엄마의 엄마도, 엄마의 엄마의 엄마도 뒷이야기를 듣지 못했는지도 몰랐다.

애초에 모든 엄마들이 두려움에 떠는 모든 아이를 달래기 위해 만들어 낸 이야기였는지도 모른다고 생각한 것은 하나가 어른이 되고도 한참 뒤의 일이었다. 부대에 가둔 불행한 날들의 아우성이 들리는 밤마다 하나는 생각했다. 오늘은 엄마가 끝까지 이야기를 해줄까, 동생은 어떤 땅에 도착할까, 속아서 부대에 갇힌 불행한 날들은 어떻게 됐을까 골몰할 때면 영원히 밤이 계속돼도 견딜 수 있었다.

지난밤, 눈을 그칠 듯 말 듯 오랫동안 계속됐고 하나는 눈 오는 소리가 크게 들려 늦도록 잠을 이루지 못했다. 떠나온 고향의 말은 다 잊었기 때문에 이제는 한국어로 기억에 남은 그 이야기를 다시 찾아보고 싶었다. 머릿속에서 점멸하는 검색어를 집어넣는 식의, 촘촘하지만 허약한 그물을 던지고 싶지 않았다. 조금 시간이 오래 걸려도 상관없으니 성겨도 튼튼한 망을 던져 놓은 채 하염없이 앉아 있고 싶은 맘이었다. 어쩐지 두근거리는 가슴으로, 날이 밝자마자 동네 도서관으로 향했다.

함박눈이 도시를 덮친 금요일 직후, 주택가를 비켜나 위치한 구도심의 구립 도서관은 친근하게 고즈넉했다. 스마트 팜과 많이 닮은 것도 같았다. 동네 지물로만 인식했을 뿐 한 번도 이용해 본 적은 없었는데, 오래된 조명과 난방 시설의 기계음이 숨죽인 공기를 음미하다 보니 익숙한 감각이 되살아났다.

한국에 정착한 뒤 처음으로 도서관 이용 카드를 만들었을 때 하나는 기역니은도 다 익히지 못한 채 한글 그림책을 안고 어린이 열람실 한구석으로 달려갔다. 그리고 한 글자씩 손가락으로 따라가며 더듬더듬 오래된 한국의 이야기들을 접했다. 한국의 옛날이야기에는 호랑이들이 많이 나오는구나. 무섭고 힘이 세지만 언제나 배고픈데 눈앞에서 먹이를 놓치는 호랑이가 가득했을 옛 산을 떠올렸고, 곶감과 떡이 어떤 맛일지 궁금했다. 그런 생각을 하다 보면 이곳에 아주 오랫동안 살고 있었던 것 같은 기분이 들었다.

성인이 된 뒤 종이책보다 전자책을 가까이하면서 멀어졌던 오랜 책들의 냄새가 하나를 그 시절로 호출했다. 총류, 철학, 종교에서 시작하여 사회/자연/기술 과학을 거쳐 예술과 언어를 지나니 어느덧 문학 구역이었다. 공격적인 독서 덕분에 하나는 한국어를 빨리 익혔는데, 초등학교를 졸업한 이후 픽션을 읽지 않았다. 학창 시절엔 한국 역사와 사회에 대한 서적을 주로 탐독했고, 성인이 된 후엔 기후 위기와 세계 정치를, 사업을 시작한 뒤엔 전문 서적을 읽기에도 시간이 부족했다. 정보가 아닌 경험과 감정을 전달하기 위해 쓰인 글들은 어쩐지 무용하게 느껴졌다.

국경과 대륙은 물론 시대를 넘나드는 수필과 시를 지나 소설이 있는 곳에 이르렀다. 천천히 서가 사이를 걸으며, 줄지어 선 이야기들이 어떤 마음으로 태어났고, 어떤 마음으로 읽혔을지 가늠했다. 세계의 민화 혹은 신화를 다룬 역사나 사회 쪽을 먼저 살펴야 했나 생각하며 고개를 들었다. 문학 서가의 끄트머리에 도도가 서 있었다.

하나는 가만히 생각했다. 지난밤 계속해서 생각한 덕분에 나는 진짜 같은 꿈을 꾸게 된 걸까. 간절히 바라면 하나씩 소원이 이루어지던 시기가 다시 찾아온 걸까.

"다녀왔습니다."

고개를 돌리지도, 움직이지도 못하는 하나에게 도도가 걸어와 말했다.

"하나도 예상치 못했다는 표정이네?"

도도의 농담을 뒤늦게 눈치챈 하나가 맥없이 웃었다. 꽤나 여러 나라에서 별다른 위화감 없이 받아들여지는 이름을 가진 하나가 한국어를 빨리 익히기까지, '하나'가 한국어 일상 회화에

꽤나 자주 등장한다는 것이 제법 큰 도움이 됐다. 학창 시절, 혹은 몇몇 사람들이 일상적으로 이름을 불러주던 때에는 이런 말장난도 익숙했는데.

둘은 밖으로 나와 앞마당 벤치에 앉았다. 인도를 제외하면 발자국도 드문 눈밭에는 흔한 눈 오리 한 마리 보이지 않았다. 그렇게 도도의 옆에 앉아서 깨끗한 눈밭을 바라보는 동안 하나의 마음속 나비가 조용히 날아올랐다. 그 옛날처럼 모든 문제가 해결될 것 같은 기분마저 들었다.

"한국에 와서 눈을 처음 봤어요. 여섯 살 때였죠."

이제 와 생각하니 그때도 도서관이었다. 도서관을 나와 집으로 향하는데 하늘에서 차갑고 하얀 것이 떨어졌다. 손바닥에 떨어진 눈이 금세 눈물이 돼버리는 모습이 신기해서 온 머리카락이 다 젖도록 눈송이 잡기에 집중했다.

"저, 난민 출신이거든요."

이어서 하나는 대한민국에 첫발을 내딛던 순간을 떠올렸다. 수많은 카메라와 그 뒤에 선 굳은 얼굴들. 언제 내쫓길지 알 수 없는 낯선 땅에서 보이고 들리는 모든 글과 말은 암호였다. 포토 라인에 가까워지자 거세지는 카메라 플래시에 눈이 멀 것 같았다. 아이들은 물론 어른들도 겁을 집어먹은 그때, 누군가가 다가왔다. 어디서도 본 적이 없는 빛깔의 눈동자를 가진 사람이. 여자인지 남자인지도 알 수 없는 그 사람이 세상에서 가장 중요한 물건을 건네듯 곰 인형을 안겨줬다. 하나뿐 아니라 그 자리에 있는 아이들 한 명, 한 명 모두에게.

그의 뒷모습을 쫓으며 코를 파묻었던 곰 인형 머리의 보드라운 느낌과 향긋한 냄새가 세월이 지난 지금도 여전히 손끝과 코끝에 생생했다. 어쩌면 이곳은 괜찮은 곳일지도 몰라. 아이들에게 곰 인형을 환영 선물로 내미는 곳이라면, 그렇다면 괜찮을 것 같았다. 환대의 기억은 오랫동안 하나가 무너지려 할 때마다 다시 일어서게 했다. 하나는 가까스로 뿌리내리려는 이 나라가 낯설게 느껴질 때마다 곰 인형의 정수리에 턱을 얹은 채 중얼거렸다. 여기가 내 집이야. 불행한 날들은 아직 멀리 있어.

하나가 가족은 물론 누군가에게 오래된 곰 인형에 대한 이야기를 한 것은 이번이 처음이었다. 이야기를 하면서 조금씩 확실해졌다. 그 눈동자. 다른 것은 다 잊어도, 어느 나라의 말로도 표현할 수 없는 그 빛깔은 잊을 수 없었는데 왜 몰랐지.

"당신이 꼬마 요정이었군요."

도도는 하나의 눈을 피하지 않았다. 수수께끼 같은 말이 무슨 뜻인지 되묻지도 않았다.

"왜 이제야, 아니 왜 이제 와서…"

질문을 제대로 완성하지 못하는 하나에게 도도가 말했다. 곰 인형을 건넬 때와 마찬가지로, 세상에서 가장 값진 말을 전하듯.

"하나도 안 잊었구나."

은행나무는 단순한 우연이나 인연이 아니었다. 어린 하나가 도서관을 찾기 훨씬 전부터 도도는 도서관을 좋아했다. 이야기로 가득한 그곳은 도도에게도 남다른 의미를 지녔다. 어린 하나가 힘들 때마다 제집처럼, 아니 제집보다 익숙하게 도서관을 드나드는 것 역시 좋았다. 하나가 도서관에서 발길을 끊은 뒤에도 도도는 늘 도서관에 왔다. 그러나 오늘은 하나가 이곳에 올 것을 알고 있었다. 당연했다. 오랫동안 신경 쓴 대상에게 닥친 어려움은 애쓰지 않아도 알 수 있다. 도도는 하나의 현실적인 절망이 구체적으로 어디에서 비롯된 것인지 인지하고 있었고, 하나가 아침부터 도서관을 찾을 것임을 알았다. 하나도 기억하지 못한 과거부터 깨닫지 못한 긴 시간, 그러나 도도에게는 섬광과도 같은 찰나에 불과한 시간 동안 도도는 하나의 주변을 맴돌았다.

"가자."

도서관 앞 벤치에서 갑자기 벌떡 일어서며 도도가 말했다. 하나는 말 잘 듣는 아이처럼 따라나섰다. 오전 햇살에 눈이 녹아 생긴 진창을 개의치 않고 걸었다. 하나는 종종걸음으로 말없이 뒤를 따른 끝에 둘은 도도의 집에 도착했다.

겉보기에는 창고에 가까운 건물을, 도도는 아무런 시간이 흐르지 않고 역사가 없는 진공상태로 유지해 왔다. 100년 정도였던 거처 변경 주기가 점차 짧아져 지금 이곳으로 도도가 옮겨 온 것은 20년 전. 하나는 이곳의 첫 번째 손님이었다. 도도가 인간으로 살아온 800년 조금 안 되는 시간 동안 자신의 공간에 다른 인간을 들인 횟수는 다섯 손가락으로 꼽을 수 있었다.

인간과 같은 외양으로 살면서 인간과의 전적인 교류가 가능해지자 인간을 향한 도도의 애착은 보다 구체적이 되었고 개체에 집중하게 되었다. 인간 종 전반을 바라보던 시선이 특정한 개별 인간에게 고정되는 빈도가 커졌다. 이 과정에서 자신의 동료들이 이 행성의 생명에 개입하는 방식으로는 어떤 개인도 구할 수 없다는 걸 깨달았고, 자신의 특권을 이용하되, 규칙을 우회할 방법 역시 찾았다.

도도와 동료들은 어떤 생물의 몸으로 살든, 필요한 영역을 넉넉하게 배정받았다. 간섭받지 않고 맡은 바 임무를 다할 수 있도록, 혹은 다른 종이나 개체와 불필요하게 충돌하는 것을 막기 위함이었는데, 그것이 인간에게는 곧 재산이었고 이는 머지않아 불필요하게 큰 의미를 가지게 됐다.

농사지을 땅이 없어 굶주리거나, 세금으로 낼 곡물이 부족해 맞아 죽을 위기에 처한 이에게 땅을 조금 떼어준 것이 시작이었다. 가난한 아비의 노름빚 덕분에 늙은 홀아비의 신부로 팔려 갈 소녀에게 노잣돈을 쥐여주었고, 쫓기는 이들에겐 안식처를 제공했다. 필요한 것이 늘 물질적인 도움에 한정된 것도 아녔다. 인간에게 필요한 것은 아주 작은 호의에 불과했다. 때때로 그들은 자신들의 이야기를 들어주는 것만으로도 한 발 내디딜 용기를 냈다. 그렇게 걸음을 옮긴 끝에 인간 스스로 상상도 하지 못했던 먼 곳에 다다르기도 했다. 대단한 희생이나 영웅적 행위는 필요 없었다. 작은 친절과 환대 역시 충분한 기적이 될 수 있었다.

오래된 전기포트 속 물이 요란하게 끓어오르더니 스위치가 내려가며 잠잠해졌다. 도도가 허브 티백을 뜯어 컵에 담으며 말했다.

"최상급 로즈메리 티, 어때?"

하나가 익숙한 스마트 팜 허브티 컬렉션의 포장을 알아보고 웃음을 터뜨렸다. 점점 늘어나는 질문에 질식할 듯한 표정을 지우지 못했던 얼굴이 펴졌다. 하나가 웃을 때마다 둥글게 솟는 광대뼈 부근으로 인디언 보조개가 보였다. 이젠 웃지 않아도 보조개의 흔적이 남아 눈 밑 주름처럼 보이기도 했다. 오랫동안 많은 생물이 같은 방향으로 걸으면 길이 생기듯, 한 얼굴이 40년 넘도록 지었던 표정을 따라 길이 나는 것도 당연했다.

도도가 머그 컵 두 개에 물을 부어 그중 하나를 두 손으로 감싸 들며 말했다.

"이렇게 따뜻한 찻잔에 손을 녹이는 게 겨울에만 가능한 호사 중 하나 아니겠어?"

하나는 궁금한 게 한가득인데 도도는 자꾸만 딴청이었다.

"저기요."

후후. 도도가 뜨거운 차를 식히는 것인지, 낮고 느린 웃음인지 알 수 없는 소리를 냈다.

"진짜 꼬마 요정인 거예요?"

후. 도도가 이번엔 깊은 한숨 혹은 자포자기의 감탄사에 가까운 소리를 내뱉었다. 행성의 곳곳은 물론 자신의 마음속에서도 온갖 의견이 몰려들고 있었다.

바라는 것은 오직 하나였다. 따뜻함을 나누며 기나긴 끝을 함께 살아가는 것. 쫓아오는 불행을 피해 도망치지 않는 것. 그러기 위해서는 이야기를 시작해야 했다. 도도와 하나의 눈이 마주쳤다.

"그 모든 질문에 대답을 하려면, 세상의 그 무엇보다도 긴 이야기를 해야 해."

하나가 대답을 대신하여 고개를 끄덕였다. 도도는 상상도 할 수 없을 만큼 오랜 시간과 정성을 들여 불행을 행성 가득 꽃피워 버린 자신과 그 동료들을 소개했다. 뜨겁고 시끄럽게 들끓던 태초와 고요하게 식어가며 폭발을 준비하던 기간과 저마다 희망에 차서 살길을 찾던 까마득한 옛날. 끊임없이 기억을 지워가며 텅 빈 우주를 돌아다니는 영원의 삶을.

"네가 한국에 도착했을 때 난 오래된 NGO 단체에서 일하고 있었어. 국내외 정세와 여론이 교묘하게 맞물려서 한국 정부가 예외적으로 대규모 난민 수용을 결정할 수밖에 없었지. 급작스럽게 떠밀리듯 내려진 결정이었기 때문인지 모두가 우왕좌왕하던 끝에, 어쩐 일인지 우리 단체에 그 난민의 한국 사회 적응 및 관리 실무가 맡겨진 거야. 나는 입국 절차와 진행을 책임졌어. 어린이들에게 뭔가 선물이 필요하다고 생각했지."

"하니!"

하나가 외쳤다. 하나는 입국장에서 받은 곰 인형을 하니라고 불렀다. 곰 인형을 건네준 '선생님'이 분명히 그렇게 말했기 때문이었다.

"그 아이 이름은 '한'이었어."

그때 그 대열에서 자꾸만 눈길이 가던 아이의 이름이 '하나'라는 걸 도도는 알고 있었다. 자신과 비슷한 이름의 친구를 선물 받는다면 더 좋아하지 않을까 싶었다. 연음으로 인해 이름이 바뀐 운명을 생각하며 하나와 도도가 싱겁게 웃었다.

그 웃음이 잦아들 무렵. 하나는 드디어 그 모든 이야기를 믿을 수 있었다. 하나가 자신의 이야기를 믿는다는 것을 도도 또한 알았다.

"급하게 해결해야 하는 문제들이 있지?"

"그런 거 없어요."

"해결할 수 있어, 내가."

"이대로 괜찮아요. 그렇게 아등바등할 필요가 없어요."

"그 문제도 해결할 수 있어."

하나가 도도를 바라보며 눈빛으로 물었다. 어떻게, 아니 왜.

"나는 그렇게 할 수 있으니까. 그리고 내가 그렇게 하고 싶으니까."

입국장에서 하나를 발견한 순간부터 알았다. 오랫동안 이 아이에게서 눈을 떼지 못하리라는 것을. 눈길을 준 생명이 좌절하는 것을 슬퍼한 적은 없었다. 그저 가여웠고, 아주 조금씩만 도와줘도 뿌리를 내리고 줄기를 올리는 광경에서 약간의 보람을 찾았다.

그렇게 끝에 가까워진 지금, 도도는 조금 무서워졌다. 마음 줄 곳 없이 이 별의 마지막을 지켜보는 것이. 그래서 결심했다. 온 힘을 다해 꽃을 피워 올린 하나와 함께 인간으로서 끝을 통과하겠다고. 절대로 이길 수 없겠지만, 지지않는 마음으로 기쁘게 싸우겠다고.

*

"고마워, 멋진 풍경."

어느 가을, 몇 년을 벼른 끝에 도도와 하나는 은행나무의 한 해 중 가장 아름다운 날을 놓치지 않는다. 태양을 기준으로 지구가 이즈음에 위치할 때면 주간 예보를 면밀히 살펴보며 준비한 끝에 이뤄낸 성취다. 제법 비슷한 속도로 흰머리가 늘어가는 두 사람이 나란히 선 채 은행나무를 바라본다.

"참 좋구나."

혼잣말을 중얼거리는 것은 이제 도도의 버릇이다. 행성 곳곳에서 들려오던 동료들의 목소리는 더 이상 닿지 않는데. 그래도 상관없다. 하나가 그 모든 독백을 대화로 만들어 주니까.

"그렇죠. 주말까지 기다렸다간 늦었을 거예요."

자신과 팔짱을 낀 하나의 손을 도도가 다시 잡아 깍지를 껴본다. 인간의 몸으로 살아왔던 지난날 내내 도도는 한시도 하나의 손을 놓지 않으려 들었다. 정확히 말하자면 손이든 팔이든 가슴이든 얼굴이든, 몸의 한 부분이 언제나 서로 맞닿기를 원한다. 다른 생명의 온기란 것을 생생하게 느낄 수 있게 된 것이 그저 좋고, 영원을 포기하며 얻은 기회를 매 순간 만끽하고 싶다.

그날 이후, 도도는 하나가 고비를 넘길 수 있도록 돕기 위해 완연한 인간이 되었다. 하나에게 장기를 기증했고, 스마트 팜과 하나의 숙소를 자신의 거처로 옮기도록 했다. 더 이상 월세 걱정을 할 필요가 없게 된 하나는 해원을 공동 대표로 앉힌 뒤 사업의 내실을 다졌다.

도도는 인간의 바쁜 삶에 적응했다. 춥거나 덥고, 배고프거나 피곤한 육체는 시시각각 낯설었다. 육체의 불편을 달래다 보면 금세 하루가 갔는데 세월이 흐르면서 몸이 감가상각을 더해 갈

수록 시간이 빨리 흘렀다.

둘은 틈이 날 때마다 여행을 떠났다. 낯선 곳에 도착하면 하나는 도도에게 아주 오래전에 그곳이 어땠는지 물었다. 옛 시간을 배경으로 하는 이야기를 함께 읽거나 그런 이야기를 다룬 영화를 보는 것도 즐겼다. 선사시대의 지구를 컴퓨터 그래픽으로 재현한 다큐멘터리를 볼 때 도도는 드물게 수다스러워졌다. 최고의 해설자이자 평론가였다. 역사시대의 왕이 등장하는 사극이라면 냉소가 주된 기조였다. 태평성대라는 게 존재했을 리 없다, 사관들이 마음껏 욕을 할 수 있었던 때가 진정한 의미의 태평성대에 조금이라도 가까웠을 수야 있겠지. 그럴 때면 하나가 옆에서 짐짓 약을 올렸다. 그러게 왜 그랬어요?

그러나 두 '사람'이 된 둘은 매 순간 노력했다. 인간으로서 서로를 구하기 위해. 냉소에 빠지지 않으면서 현재를 가꾸기 위해.

은행나무의 무성한 잎을 뚫고 이마에 닿는 햇빛에 눈이 부셨다.

"곧 해가 지겠네."

"이만 가시죠, 요정님."

하나가 웃자 뺨 한복판 광대뼈 부근에서 깊은 우물이 파였다. 서늘한 저녁이 쌀쌀한 밤으로 이어지기 전에 보금자리로 돌아가 하나와 함께 누울 생각에 도도는 기뻤다. 살아 있는 한, 인간의 육체는 따뜻할 테니까. 그러니까 웃으며 인사할 수 있다.

"안녕."

"또 보자."

늙은 나무에게 인사하고 돌아선 두 사람에게 먼 하늘로 조만간 닥칠 어둠이 보였다.

* '불행한 날들의 이야기'는 로버트 니스벳 배인 엮음, 노엘 노라 니스벳 그림, 최원택 옮김, 『우크라이나의 동화와 민담 1 – 카자크 동화와 민담』(글깃, 2022년)에 수록된 「불행한 날들 이야기」를 변형한 일부입니다.

피클보다 스파게티가 맛있는 천국

김준녕

1996년 출생. 연세대학교 졸업. 하루의 절반은 글을 준비하고, 나머지 절반은 글을 쓰며 보낸다. 「막 너머에 신이 있다면」으로 제5회 한국과학문학상 장편 대상을 수상했다.

인스타그램 @nyung_note

4일 차

"찾았어요?"

"아니요."

"있긴 한 걸까요?"

"확률적으로는요."

6시 29분, 희는 최의 대답을 듣곤 연구실 문을 나섰다.

희가 가고 나면 최는 혼자 연구실에 있었다. 연구실은 한산했다. 물리학 수식이 가득 적힌 문서들이 책상에 널브러져 있었고, 창가에 놓인 다육 식물은 오래전에 죽어 곰팡이가 피어 있었다. 살짝 손만 대도 바스러지는 것이 꼭 모래성 같았다. 최는 다육이가 꼭 지금 연구실 같다고 느꼈다. 사실 종일 연구실을 지키는 사람은 희와 최, 둘뿐이었다. 가끔 연구실 번호를 착각해 들어왔다가 을씨년스러운 연구실 풍경에 당황한 학부생들을 빼곤 말이다.

*

연구를 주관하던 김 교수가 수험생의 면접 점수를 조작한 게 화근이었다. 그 수험생은 유력 정치인의 아들이었는데, 이유야 뻔했다. 김 교수는 연구원들에게 연구비를 더 받기 위해서였다고 변명을 해댔지만, 믿는 사람은 없었다. 결국, 김 교수는 구속당했고, 연구팀은 해체에 가까운 상황까지 몰렸다.

연구원 대부분은 출근조차 하지 않았다. 지도 교수가 사라진 마당에 그들을 거둘 사람은 없었다. 어쩔 수 없이 그들은 자기 전공과 무관한 기업들에 수백 통의 이력서를 넣거나, 공무원 시험 준비를 했다. 교수의 출소를 기다리는 사람은 없었다.

처음 최가 희를 만났을 때, 최는 희를 다른 연구팀의 직원이라 여겼다. 김 교수가 구속당하고 정확히 다음 날, 희는 자연스럽게 연구실로 들어와 떡하니 자리 하나를 차지했다. 방석을 겹겹이 깔고 앉아 과자를 까먹는 그 모습은 직원이 아니고서야 불가능한 당당함이라, 최는 희에게 누구냐 굳이 묻지 않았다. 희의 큰 키와 말수가 적은 점도 한몫했다. 나이는 30대 중반이나 40대 초반 정도. 학문에 대한 열정으로 대학원에 왔으나, 결국에는 열정도 사라진 채 반복적인 업무를 하는 박사 과정 대학원생. 전형적이었다.

희가 연구를 하는 것 같지는 않았다. 온종일 책상에 널린 이면지 뒤에다 볼펜으로 선을 긋기만 했다. 볼펜은 학교에서 신입생들에게 나눠주는 1000원짜리였다. 그 볼펜은 볼펜똥을 쏟아내며 수많은 이면지를 찢었고, 희는 그것으로 우주 같은 검은 세상을 종이에 그렸다. 최는 희가 그린 낙서를 보며 우주로 가는 상상을 했다. 희가 연구실에 온 첫날, 최는 자리에서 바삐 펜을 움직이는 희를 슬쩍 보곤 고개를 저었다. 지도 교수가 갑자기 감옥에 갔으니, 정신이 나갔을 만도 했다.

2일 차

"사람이 쓰러졌어요."

6시 29분. 두 번째로 최가 희를 마주한 날의 저녁이었다. 희는 갑작스레 자리에서 일어나더니 최에게 말을 쏟아내기 시작했다.

"2평 남짓한 샌드위치 패널 안에서요. 거기는 환기구도 없어서 여름에는 찜통이 됐어요."

희가 울상이 됐다.

"저는 근로 장학생으로 식당에서 알바를 하고 있었어요. 식기를 닦는 게 제 일이었죠. 하루에 수천 개씩 닦아냈어요. 땀을 뻘뻘 흘려가면서요. 식기에는 온갖 것들이 가득했어요. 아무튼, 전 사망 소식을 듣곤 학생회관 노동자분들을 설득해서 파업했어요. 학교에서는 경비원들을 동원해서 파업을 막아내려 했고요. 그 과정에서 몸싸움이 벌어졌고, 경비원 한 분이 넘어지셔서 중상을 입으셨어요. 제가 주동자로 몰렸는데, 누구도 보호해주질 않았어요."

희는 입술을 깨물었다. 피가 솟구칠 것만 같았다.

"학교에서 제적당했고, 한동안 정신병에 시달렸어요. 그 왜 대인기피증 있잖아요. 사람만 보면 숨이 쉬어지질 않고, 정신을 잃어버리는."

최는 먼 나라 이야기를 듣는 것처럼 희에게 눈길조차 주지 않았다. 희가 이어 말했다.

"그런데 그저께 소식을 들었어요. 김 교수, 구속됐다면서요?"

최가 반응하지 않자, 희는 더 열을 내며 말했다.

"그 새끼가 그때 학생회관 관리 책임자였어요. 그 사람 연구실 앞에서 며칠이고 기다렸어요. 대화 한 번만이라도 하자고요. 그런데 그 새낀 우리랑 이야기도 하려 하지 않았어요. 사람이 쓰러졌는데요! 그래서 연구실 전원을 아예 내려버리려 했어요. 그래야 우리 얼굴이라도 궁금해할 것 같아서요."

희는 과거 생각이 나는지 연구실 복도 쪽을 보며 쓴웃음을 지었다.

"전원을 내리려고 하는데, 바로 그 새끼가 튀어나오더라고요. 사실 대놓고 했어요. 그런데 그 사람, 우릴 보곤 머리끝까지 화가 나서 경찰을 부르더라고요. 여긴 신성한 연구가 이루어지고 있으니 꺼지라고 했어요. 자기는 해야 할 일이 너무도 많다고요. 우린 사람 목숨이 달린 문제라며 소리쳤고요. 미친놈. 자기가 무슨 대단한 일을 하길래 사람 목숨보다 중요한 거예요?"

최가 무심하게 말했다.

"그래서 여기 왔어요? 복수심 때문에?"

최는 온통 모니터에 신경을 곤두세우고 있었다. 모니터에는 숫자들로 가득했다. 이미지나 동영상은 없었다. 희는 최가 무엇을 보고 있는지 도통 알 수 없었다.

희는 고개를 저었다. 복수 때문이었다면, 연구실 내부를 때려 부수든지 했을 것이다. 그것도 아니라면 변기 물을 떠 와 자리에 뿌리거나, 집기를 쓰레기통에 버렸을 텐데, 그녀는 무엇도 하지 않았다. 그저 그저께 소식을 듣곤 김 교수의 연구실에 찾아와 식물처럼 온종일 앉아 있을 따름이었다. 희는 자기 자신을 낯설어하고 있었다. 그제까지만 해도 사람 그림자만 봐도 기겁하며 우느라 숨도 쉬지 못했건만, 뉴스를 접한 어제 갑자기 희는 집을 뛰쳐나와 택시를 타고서 학교에 왔다. 정신을 차리고 보니 연구실 앞이었다. 희 자신도 자신의 행동을 이해할 수 없었다.

희는 말을 매듭짓기 위해 최에게 한 발자국 더 가까이 다가갔다. 최의 얼굴은 기름으로 번들거리고 있었다.

"당신은 알고 있었죠? 나 여기 사람 아닌 거. 신고할 거예요?"

최는 대답하지 않았다. 희가 최에게 쏘아대듯 물었다.

"저기요. 듣고 있어요?"

희는 최의 표정을 살폈다. 최가 말했다.

"지구랑 같네요."

"네?"

최의 대꾸에 희는 어이가 없다는 듯이 턱을 내밀었다. 그러거나 말거나 최는 말을 이었다.

"그 노동자분이 쓰러지셨다는 곳이요. 우리 지구랑 같다고요. 환기구도 없는데, 온실가스는 계속 늘어나고 있죠. 앞으로 여름엔 엄청 덥고, 겨울엔 엄청 추울 거예요. 사계절이 사라질지도 모르고요. 그런데도 인구는 미친 듯이 늘어나고 있어요. 아마 얼마 안 가 모두가 기후 변화로 죽을지도 몰라요."

갑자기 컴퓨터가 열을 내며 소음을 내었다. 삐비빅. 고물 컴퓨터에서 날 법한 소리였다. 혹여나 시스템이 셧다운되거나, 자료에 에러가 날까, 부품 하나 바꾸지 못한 데다 운영 체제도 10년 전 것을 그대로 쓰고 있었으니 이상 반응은 어찌 보면 당연한 결과물이었다.

최는 두 손을 마주 잡고서 컴퓨터가 꺼지지 않길 기도했다. 그가 할 수 있는 건 그게 다였다. 다행히 컴퓨터는 쿵 하고 오래된 발전기 소리를 한 번 내더니 다시 정상적으로 작동했다. 새로운 데이터가 나오기까지 시간이 얼마나 걸릴지 몰랐다.

최는 희가 말없이 자신을 바라보고 있자, 의자를 뒤로 크게 젖히고는 말했다.

"신고 안 해요. 말할 사람도 없고요. 따지고 보면 나도 당신이랑 똑같아요."

"어떤 점에서요?"

"외부인이요. 학교 소속이 아니에요."

"그럼…"

희는 최에게 어떤 사람이냐 물을 수 없었다. 최가 사적인 말은 하고 싶지 않다는 듯이 희의 말을 바로 잘라버렸기 때문이었다.

"아무튼, 저도 여기에 소속감은 없어요. 저도 빨리 여기서 떠나고 싶어요. 최대한 멀리요."

희의 눈꼬리가 바르르 떨렸다. 희의 시선은 최를 거칠게 향했다가 바닥으로 떨어졌다. 최가 무슨 말을 하고 있는지 정확히 알지 못했다. 희가 낮은 목소리로 말했다.

"정말 말 안 할 거예요? 아무 조건도 없이요?"

최가 미묘한 웃음을 지었다.

"대신, 이 컴퓨터만 건들지 말아요."

"왜요?"

최가 싸늘한 목소리로 대답했다.

"김 교수님이 말씀하신 대단하고, 신성한 걸 하고 있거든요."

*

    최에게 지난 한 달은 인간의 무력함을 깨닫는 순간들이었다. 김 교수가 구속된 것도 최에게 영향을 미쳤으나, 그보다는 도저히 컴퓨터가 내는 결과물을 받아들일 수가 없다는 점이 더 컸다.

    '만약에 없다면?'

    그럴 일은 없었다. 확률적으로 불가능에 가까웠다. 지금껏 우리에게 발견된 은하수와 그 속의 항성계, 거기에 속한 행성 수만 보더라도 우주에 다른 생명체가 존재하지 않을 가능성은 불가능에 가까웠다. 그 확률은 당장 바닥을 가리킨 곳에 미생물이 없을 경우와 같았다.

    김 교수는 술을 마시지 않아도 늘 외계 생명체의 존재를 중얼거렸다. 약에 취한 예술가 같았다. 알아주던 수재였던 김 교수는 14세에 미국으로 건너가 3년 만에 대학에 입학했고, 23세에 캘테크에서 천문학 박사 학위를 받았다. 병역과 결혼 문제로 귀국한 김 교수는 한국의 도제 시스템 속에서 살아남기 위해 30년간 돈이 되는 연구만 했다. 이윽고 정교수가 되었을 때에야, 김 교수는 자기가 열다섯 살부터 구상한 연구를 시작할 수 있었다.

"지구는 돌이킬 수 없는 환경 변화를 맞이하게 되고, 곧 모두가 죽어. 이미 도래했을지도 모르지. 우리는 위기 속에 살아가고 있는 거야. 그렇다고 다른 곳으로 갈 수는 없지. 엿 됐군."

김 교수는 예언자처럼 되풀이해서 그리 말했다. 그의 마지막 말은 학교 일 때문에 아이들을 보러 미국에 갈 수가 없다는 푸념으로도 들렸다. 연구원들은 그의 말에 시큰둥했다. 일부는 김 교수가 너무 천재라 머리가 돈 것으로만 여겼다. 겉으로만 아부하고, 속으론 욕을 하는 이가 대부분이었다. 다만, 김 교수는 희망을 지니고 있었다. 김 교수는 다른 외계 생명체가 언젠가 인류를 구원할 것이라 믿었다.

'언젠가.'

위험한 말이었다. 그 말이 들어간 순간부터 연구는 과학이 아니라 믿음과 신념의 문제로 넘어갔다. 김 교수는 전파망원경을 이용해 외계 생명체를 찾기 위해 일생을 바쳐왔지만, 어떤 소득도 얻지 못했다. 돈이 되지 않는 연구를 계속해서 진행하기 위해 그는 나이 많은 정교수의 지위였음에도 불구하고, 학생회관 관리 책임자 등 여러 일을 도맡아 해야 했다. 그러나 김 교수는 그런 관리자형 인간과는 거리가 멀었다. 맞지 않던 일에 치여

살던 그는 계속된 실패와 좌절로 외계 생명체가 있을 것이란 믿음 자체에 회의를 느꼈고, 결국 최를 고용하기에 이르렀다.

최는 본래 게임 AI를 만들던 프로그래머였는데, 우연히 김 교수가 인터넷에 올려놓은 '외계 생명체 탐색 연구원 모집' 공고를 보곤 바로 지원했다. 단순히 '재밌어 보여서'가 그 이유였다. 최의 일은 간단했다. 김 교수가 그간 모아온 데이터를 바탕으로 세계를 창조하는 시뮬레이션 프로그램을 만들어 우리의 세계와 똑같은 세계를 컴퓨터 안에 구현해 그곳에서 외계 생명체의 존재 가능성을 검증하는 것이었다. 그곳이라면 열역학 법칙이나 빛의 한계 속도, KCSI에 등재되는 논문 수, 졸업생의 후원금액에 얽매이지 않고서 연구를 이어나갈 수 있었다.

최는 코드를 손보아 AI가 스스로 성장하도록 했다. 빅뱅부터 태양계가 만들어져 지구가 탄생해 인류가 지금에까지 이르기까지, 이 세상과 똑같은 세상을 만들어 내기 위해 프로그램은 수조 번이 넘도록 시뮬레이션을 돌리게 될 것이었다. 그를 위해서는 서버 유지비며, 최의 월급이며, 다른 연구 기관에서 데이터를 사 오는 비용 등 어마어마한 예산이 필요했다. 김 교수는 연구비를 구하기 위해 학생회관 관리 책임자 직함은 물론, 부정 입학에까지 손을 뻗쳤으며, 새벽에 대리 운전까지 뛰어야 했다.

＊

우리 은하가 만들어지기까지 꼬박 7년이 걸렸다.

태양계가 만들어지기까지는 3년이 걸렸다.

지구가 만들어지고, 생명체가 만들어지기까지는 3개월이 걸렸다.

김 교수가 모은 방대한 데이터를 토대로, 만들어진 세계와 우리 세계에서 조금이라도 다른 점이 발견되면, 즉시 만들어진 세계는 삭제되었고, 다시 세계가 만들어졌다. 선을 긋는 것과 같았다. 점과 점을 이으면 직선 다발이 생겨났고, AI는 점차 자기 문제를 스스로 찾아가며 자기 코드를 수정했다. 컴퓨터 속 세계는 점점 우리 세계와 닮아갔다.

세부적인 부분을 맞추기 위해서 주로 사료가 많은 현대사를 참고했다. 아주 세세하게 컴퓨터 속 세계를 우리의 세계와 똑같이 맞추려 했다. 어떤 버전에서는 나치와 일본 제국이 1945년에 세계를 점령했고, 다른 버전에서는 1989년에 소련의 핵무기 선제공격으로 지구가 멸망해 버렸다.

아쉽게도 우리의 것과 똑같은 세계가 컴퓨터 속에 구축되었을 때는 김 교수가 구속된 후였다.

최는 모니터에 출력된 결과를 보곤 쾌재를 외쳤으나, 함께 기뻐할 사람이 없었다. 김 교수를 제외한 연구실 사람들은 최 역시 김 교수와 마찬가지로 미친 사람 취급했다. 연구의 핵심인 AI를 흔한 대학교 졸업장도 없는 고졸 출신인 최가 설계하고 만들었기에 어디 공모전에 출품하거나, 프로젝트를 건네받을 다른 연구자를 찾을 수도 없었다. 최 또한 그들에게 이 프로그램을 넘긴다 한들 과연 제대로 쓰일까 의문을 품고 있었다. 그들이 보기에 최는 매일 이상한 숫자만 그려진 모니터를 보고 있다가 퇴근하는 기생충이었다.

*

김 교수와 최에게 주어진 근본적인 질문이 하나 있었다.

"그래서, 알아내서 어떻게 할 건데요?"

다른 연구실과의 합동 회식 자리에서 나온 질문이었다. 반도체 쪽과 연관된 박사 과정의 대학원생이었는데, 그는 박사 과정 논문 디펜스를 끝낸 뒤라 그런지 기쁨에 취해 술을 너무 많이 마셔버린 상태였다. 김 교수는 대학원생의 질문에 아무런 대답도 하지 않다가 허허허, 허탈하게 웃으며 자리를 피해버렸다.

최는 젊은 객기인지 모르게 홀로 남아, 그와 크게 싸웠다. 끝내 만취한 대학원생은 최의 멱살을 잡고 욕을 쏟아냈다.

"현실 감각도 없는 무지렁이 벌레 새끼. 10년 동안 그거 찾아서 대체 뭐가 좋아졌는데? 돈이라도 벌었어? 아님, 뭐 신약이라도 발견해 냈어? 우리가 너한테 돈 벌어다 줄 때 넌 대체 뭘 했냐고?"

연구원들은 억지로 최를 그에게서 떼어내었다. 최는 분을 이기지 못해 상을 엎고는 씩씩거리며 자리를 피해버렸다. 그 후로 회식 자리에 최를 부르는 일은 없었다.

김 교수 구속 후 최는 자신에게 시간이 얼마 없음을 느끼고 있었다. 한국의 대표적인 미션 스쿨인 OO대학에서는 김 교수가 외계 생명체라는, 그들 상식선에선 존재할 수 없는, 돈 안 되는 것을 찾기 위해 자신들의 공간을 쓰고 있었다는 점에 은근하게 반감을 표했다. 말 그대로 은근하게였다. 최가 버젓이 연구실 안에 있는데도, 바깥에서 문을 잠근다거나 생활 비품 신청을 누락시키는 등 아주 사소하면서도 끈질긴 방해가 이어졌다.

어제는 라이벌로 불리던 이 교수와 그의 제자들이 연구실에 노크도 없이 들어와 벽을 뚫니 마니 이야기를 해댔다. 최는 문서들로 가득한 파티션 아래에 숨어 그들을 염탐해야 했다. 그들과 부딪히면 퇴거 명령 일자만 더 빨라질 따름이었다. 최는 부디 자신의 AI가, 만들어진 세계의 모든 행성을 훑을 때까지 연구실이 비워지지 않기만을 바랐다.

*

'인간의 목숨보다 중요한 것이 있을까?'

희는 처음으로 최와 대화를 마치고서 집으로 돌아가는 길에 과거에 했던 물음을 되풀이했다. 아까 희는 최에게 대체 무얼 하고 있느냐 묻지 않았다. 현기증이 느껴져서였다. 뉴스에서 김 교수의 구속 소식을 듣곤 무언가에 홀린 사람처럼 학교로 왔다. 사람이 죽기 직전에 변한다고 하는데, 그런 게 아닐까 싶을 정도였다.

기세 좋게 집을 나섰을 때와는 다르게 막상 연구실에 도착하고 나서 희는 문 앞에서 오랫동안 고민했다. 죄책감이나 다른 이유는 없었다. 누군가 자기를 신고할까 두려워서였다. 경찰서를 오가고, 재판을 받고 이런 과정들에 희는 너무도 지쳐 있었다. 그렇게 연구실에 들어가길 주저하고 있는데, 학부생 하나가 성큼성큼 다가와 문을 열었다. 그는 다시 연구실 번호를 확인하더니 아이씨, 라는 혼잣말과 함께 어디론가 떠나 있었다. 안은 난장판이었다. 아무도 없는 걸 직감한 희는 문을 연 다음 가장 가까운 자리에 앉아 주변을 살폈다.

최의 존재는 퇴근 시간 직전인 6시 20분이 돼서야 알았다. 전까지 희는 널브러진 문서들을 살피며 대체 여기서 뭘 하고 있는지 알아내기 위해 용을 쓰고 있었다. 그러나 알아듣기 힘든 말뿐이었다. 몰려오는 짜증에 희는 종이 위에 낙서를 하기 시작했다. 모든 것들을 모조리 까만 소용돌이 속에 집어넣고 싶었다. 우주 공간에는 블랙홀이란 게 있다는데, 김 교수부터 자기를 도와주지 않은 학생회까지, 전부 그곳에 넣어버리고 싶었다. 정확히 6시 28분에 최는 저녁을 먹기 위해 자리에서 나갈 준비를 했고, 그제야 희는 연구실에 다른 사람이 있음을 알아차렸다. 희는 그를 보곤 자기도 모르게 쏘아대었다.

'그 사람, 뭐야?'

희는 꼭 최에게 답을 얻어내겠다고 마음을 먹었다. 그간 김 교수가 벌여온 모든 일을 설명해 줄 사람은 오직 최뿐인 것 같았다.

3일 차

"그러니까, 외계 생명체를 왜 찾는 거예요? 도대체 왜?"

희가 물었다. 최와 희는 학생회관에서 저녁을 먹는 중이었다. 최의 메뉴는 늘 그렇듯 스파게티였다. 공장식 토마토소스에 면을 삶아 그대로 섞은 게 전부인 2300원짜리 스파게티. 희는 한 입 먹어보곤 더는 먹지 않았지만, 최는 소여물 먹듯이 천천히 면발을 삼켰다. 최가 스파게티를 좋아해서 먹는 건 아니었다. 최의 급료는 김 교수의 사비로 나가고 있었고, 그에 따른 한계점은 분명했다. 최도 그걸 알고 있었고, 지난 10년간 저녁마다 이 스파게티 같지 않은 스파게티를 먹어왔음에도 큰 불만은 없었다. 최가 생각했다.

'외계 생명체들이 이걸 먹으면 맛있다고 할까? 되레 불쌍한 눈빛을 보내지는 않을까?'

최는 초록 피부에 눈은 인간보다 배는 큰 그들이 이 맛대가리 없는 스파게티를 몸에 쑤셔 넣는 상상을 했다. 메스꺼움이 느껴졌다. 그런데 그런 망상보다 이제는 김 교수가 잡혀갔으니, 이것조차 먹지 못할 앞으로의 지갑 사정을 고려해야만 했다. 최는 답답한 마음에 피클을 포크로 연거푸 찍어대고는 김치처럼 씹었다. 희가 이어서 물었다.

"이해가 안 돼서 그런 거예요. 만나서 무역을 하는 것도 아니고, 그냥 존재만 확인해서 대체 뭘 하겠다는 거예요? 발전된 기술을 받으려는 것도 아니고, 우리가 거길 점령하려는 것도 아니고요."

최는 말없이 피클만 씹어댈 뿐이었다. 희는 얼굴을 찡그렸다. 우적우적, 최의 피클 씹는 소리가 흉하다고 생각했다. 희는 소리가 나게 포크를 내려놓고는 말했다.

"돈 때문이에요? 그 시뮬레이션 기계로 미래를 예측할 수 있어요? 예측해서 주가나 로또 번호, 뭐 그런 것도 맞힐 수 있어요?"

"아뇨. 우리 미래는 못 맞혀요. 모니터에 나오는 미래는 무한에 가까운, 있을 수도 있는 무한의 세상 중 하나를 집어내는 것과 같아요. 확률적으로 우리 세상이랑 같을 수가 없어요."

"그럼, 대체 그런 걸 왜 하는 거예요? 누가 노벨상이라도 줘요?"

"아뇨."

"그럼 뭔데요?"

최는 의자를 책상으로 밀치고는 자리에서 일어나 버렸다. 둘에게로 주변 시선이 쏠렸다. 희는 얼굴을 붉히며 자기가 실수를 한 것 같아 빠르게 최의 뒤를 따르며 눈치를 봤다. 최는 '먹을 만큼만'이라 적혀 있는 통으로 다가가 스파게티를 담았던 그릇에 피클을 가득 담았다. 면보다도 피클의 양이 더 많았다. 최는 다시 자리로 돌아가 묵묵히 피클을 먹기 시작했다. 스파게티를 먹기 위해 피클을 먹는 건지, 피클을 먹기 위해 스파게티를 먹는 건지 알 수 없었다. 희가 천천히 입을 뗐다.

"미안해요. 정말 이해가 안 돼서 그래요. 솔직히 김 교수, 그 사람, 사람이 죽었는데도, 그것보다 더 중요한 일이 있다고 말하는 것도 이해가 안 되고요."

최는 포크로 피클을 찍어대며 말했다.

"어차피 말한다고 해서, 달라지는 게 있을까 싶어서 그래요."

"네?"

"어찌 보면 믿음의 문제예요."

희가 고개를 갸우뚱거렸다.

"당신, 과학자 아니었어요? 과학자가 무슨 믿음을 따져요? 증거, 결과로 해석하는 게 당신들 일 아니에요?"

최가 인상을 찌푸렸다.

"이래서 당신이랑 이야기하지 않으려고 했어요. 당신, 하이젠베르크의 불확정성원리는 알아요? 아니, 하다못해 아인슈타인이 어떻게 상대성원리를 생각해 냈는지, 갈릴레오의 사고실험이 뭔지는 아느냐고요. 그 사람들이 돈 벌려고 그랬을까요? 아님, 명예 때문에요?"

"아마도요?"

희의 영혼 없는 얼굴을 보곤 최는 고개를 저었다. 희는 최의 반응이 당황스러워 반사적으로 최의 팔을 붙잡았다.

"알아요. 뭔지 안다고요. 저도 학교에서 다 배웠어요. 다 뭔지는 알아요. 그런데 그게 우리한테 당장 무슨 도움이 되는데요? 내일 죽어가는 사람을 살릴 수 있냐고요. 그걸 알고 싶은 거예요. 그게 그만큼 중요해요?"

최가 희의 손을 뿌리치고는 피클이 가득 박힌 포크로 희를 겨누며 말했다.

"네. 저한테는 중요해요. 김 교수님께서도 당신의 질문에 똑같이 답하셨겠죠. 그러니 가주세요. 밥 좀 먹게요."

희는 결국 자리에서 일어나야만 했다. 최는 희가 가고 나서야 들고 온 피클을 모조리 먹어치울 수 있었다.

*

　희는 연구실로 돌아가는 길이 멀게만 느껴졌다. 희는 최와 함께 연구실에 있는 게 불편할 것 같아, 캠퍼스 안을 돌아다녔다. 삼삼오오 학생들이 모여서 수업을 들으러 가고 있었다. 스치듯 봐도 새내기였다. 희는 그들을 따라 불과 1년 전만 해도 자기가 수업을 들었던 건물에 갔다. 회칠한 벽 위에는 대자보가 가득했다. '노동자의 인권을 보장하라!', 'OOO 교수의 성추행 진실을 밝혀라!' 등등 한눈에 보기에도 시급한 문제들이 넘쳐났다. 학생회로 보이는 무리가 희에게 다가왔다. 손에는 A4 용지가 가득했는데, 자필로 쓴 것을 복사한 것 같았다.

　"교내 권위적 성폭력 문제 해결에 동참해 주세…"

　사회학과 점퍼를 입고 있던 여자가 희에게 아는 척을 했다.

　"혹시, 부회장 언니 아니에요?"

　희는 다급하게 얼굴을 가리고는 고개를 저었다. 그러나 여자는 집요했다. 희의 팔을 힘껏 내리고는 얼굴을 확인했다.

　"맞네, 언니. 얘들아!"

　여자가 뒤에 있던 무리에게 외쳤다.

　"부회장 언니 왔어!"

시선이 집중되었고, 금방 시끄러워졌다. 희는 숨을 쉬기 어려울 정도로 압박감을 받기 시작했다. 여자는 밝은 표정으로 희에게 물었다.

"언니! 잘 지냈어요? 제적당한 건 들었어요. 잘 풀릴 거라 믿어요. 저희는 지금 OOO 교수 성폭력…"

희는 여자를 밀치고는 뛰기 시작했다. 목적지는 알지 못했다. 단지 그곳을 벗어나고만 싶었다. 머릿속이 하얗게 변했고, 어지러웠다. 그들은 희에게 말했었다.

우리는 늘 함께할 것이라고. 우리는 하나라고.

희는 그 말들을 굳게 믿었다. 그러나 그 누구도 막상 자신이 구렁텅이 내던져졌을 때 나서주지 않았다. 징계 위원회에 바삐 오갈 때에도 시위의 이미지가 나빠질 수 있다며 슬금슬금 연락을 피하던 그들이었다. 희는 자신의 몸이 어디론가 튕겨 나가는 것을 느꼈다. 중앙도로를 내달리며 몇 명의 사람과 부딪혔는지 희는 알지 못했다.

희는 어느덧 학교를 빠져나왔다. 비가 오려는지 하늘은 검은 구름으로 가득했다. 눅눅함과 더불어 속에서부터 열기가 뻗쳐왔고, 땀이 이마에서부터 흘러내렸다. 숨을 돌릴 틈도 없이 희가 타야 할 1479번 버스가 오고 있었다. 희는 정류장을 향해 내

달렸다. 갑자기 눈앞이 까맣게 변했다.

"아이, 씨발."

희는 웬 남학생과 부딪혀 바닥에 넘어졌다. 남자는 들고 있던 가방을 떨어뜨렸고, 희의 무릎에서는 피가 났다. 아주 붉었다. 희는 상처도 못 본 채 고개를 연신 숙이며 미안함을 표했으나, 남학생은 가방을 이리저리 살피더니 희에게 화를 내었다.

"보고 다녀요! 보고! 사람 많은 곳에서 조심 좀 하라고요."

희는 무서워 차마 버스를 타지 못했다. 바로 뒤에 오는 택시를 잡고는 벌벌 떨었다. 택시 기사가 희에게 물었다.

"어디 가요?"

희는 한동안 대답하지 못하다가 가까스로 입을 열었다. 여전히 고개를 숙인 상태였다.

"여기만 아니면 돼요."

7일 차

'그곳에서는 다를까?'

이 질문은 최에게 너무 일렀다. 우리 은하에 생명체는 없었다. 최는 창틀에 말라 죽은 다육 식물을 으깨서 쓰레기통에 버렸다. 바닥에 으스러진 가루들이 흩날렸다. 이골이 난 최는 밤새 프로그램을 이리저리 만지며 반복해서 생명체들을 찾아다녔지만, 우리 은하에서 생명체를 찾을 수는 없었다.

즉, 이제는 우리가 아무리 벗어나려 발버둥 쳐도 외계 생명체가 있는 곳으론 갈 수 없다는 뜻이었다. 최는 프로그램을 조작해 탐색 방향을 다른 은하들로 늘렸다. 시간이 얼마나 걸릴지 알 수 없었다. 기적이 일어나지 않는다면, 퇴거 명령이 집행되는 내일까지는 시간이 턱도 없어 보였다.

희는 이틀 동안 연구실에 나오지 않았다. 최는 희가 연구에 대해 호기심이 식었거나, 완전히 채워졌거나 둘 중 하나라 생각했다. 희가 앞으로 나오지 않을 것이라 여겼지만, 희는 그로부터 정확히 사흘이 지난 뒤에 모습을 드러냈다. 전과 분위기가 달랐다. 분노가 온몸에 가득하다기보다 열기가 식어버린 묽은 죽 같은 표정을 하고 있었다. 아침부터 오후까지 희는 최의 뒤에 서서 최의 모니터를 보았다. 멍하니 모니터를 응시한 희였다. 최는 아무런 말도 없이 자기 뒤에 서 있는 희가 부담스러워 희에게 눈치를 주었으나, 희는 멈추지 않았다. 꼭 숫자로 가득한 최의 모니터를 읽을 수 있을 것처럼 보였다.

최가 고개를 뒤로 젖혔다. 두통이 몰려왔다. 우리 은하에서 가장 가까운 큰개자리 왜소 은하에도 외계 생명체는 없었다. 이대로라면 안드로메다은하나, 마젤란은하에서도 좋은 소식을 기대하긴 어려워 보였다.

의자를 뒤로 젖히고서 누운 최에게 희가 물었다.

"그곳에 갈 수는 있을까요?"

최가 팔로 얼굴을 가린 채 대답이 없자, 희는 질문에 살을 덧붙여 물었다.

"당신이 설명한 대로 어딘가에서 생명체를 찾았어요. 아마 우리와 비슷한 환경에서 살고 있을 확률이 높겠죠. 우리가 거기에 갈 수 있을까요?"

최가 의자를 바로 하며 고개를 저었다. 얼굴은 잿빛이었다.

"힘들 거예요. 이미 우리가 살아서 갈 수 있는 거리에 외계 생명체는 없다는 게 밝혀졌어요."

희가 실망감에 미간을 찌푸리며 말했다.

"왜요?"

최가 한숨을 내쉬면서 말했다.

"우리는 빛보다 빠를 수 없고, 빛의 속도는 초속 약 30만 킬로미터니까요. 한계가 있다는 건 참. 꼭 태어날 때부터 족쇄로 발

목을 잡힌 느낌이에요. 그 족쇄는 절대 끊을 수가 없어요."

최의 대답에 희는 고개를 떨구었다. 최의 말대로 절대로 벗어날 수 없는 감옥에 갇힌 것만 같았다. 최는 희의 일그러진 표정을 살피더니 컴퓨터 본체를 손으로 두드렸다. 통, 하고 텅 빈 소리와 함께 팬이 빠르게 돌아가기 시작했다.

"그래도 여기서는 뭐든 다 할 수 있어요. 어디든 갈 수도 있고요. 잘하면 우리와 다른 존재를 찾아낼 수도 있어요."

희가 음울한 목소리로 물었다.

"그렇지만 대화할 수 있는 상대가 보이는데도 다가갈 수 없다면, 그것만큼 답답한 게 어디 있겠어요?"

최가 나지막하게 대답했다.

"이미 우리가 그렇게 살고 있는 것 같다는 생각을 가끔 해요."

최의 말을 들은 희는 어깨를 축 늘어뜨렸다. 무언가 잃어버린 듯한 표정을 하고 있었다. 최는 평소와 다른 듯한 희의 표정을 보곤 물었다.

"무슨 일 있어요? 언제는 그렇게 김 교수님과 제가 쓸모없는 일을 하고 있다고 그러더니."

희는 주저했다. 그제 일은 입에 담기조차 싫었다. 더군다나 최가 어떤 반응을 보일지 뻔했다. 희는 대충 말을 얼버무리기로 했다.

"그냥. 벗어나고 싶어요. 되도록 여기서 멀리요. 서울에서 지방, 한국에서 외국, 지구에서 다른 행성으로요."

둘은 침묵했다. 우주 공간을 부유하는 것만 같았다. 마침 불어온 바람에 바닥에 떨어진 종이들이 흩날렸다. 최가 잠시 생각에 잠겨 있다가 말했다.

"그런 말이 있어요. 외계 생명체를 믿는 사람일수록 현실이 불행하대요."

"그래요? 왜요?"

"지구에 있는 존재랑 소통이 안 되니까, 바깥 생명체에 기대를 걸어보는 거죠."

"그건 좀…"

"봐요. 당신도 이 짓이 쓸모없다고 생각했잖아요. 사회에 도움되는 게 없으니까. 예산이나 실적같이 눈에 보이는 거에만 목숨 거는 사람들은 절대 저 같은 사람들을 이해하지 못해요. 저도 그런 사람들을 이해시킬 수 없다고 믿고요. 서로 살아온 세상이 너무나도 달라요. 보는 시각도 다르고. 이걸 이겨낼 수는 없을 것 같아요. 세계 어딜 가나 돈, 돈, 돈이니까요. 아마존 부족들도 돈이면 벌목을 눈감아 준다는데요, 뭐. 점점 더 심해졌으면 심해졌지, 덜 하지는 않을 것 같아요."

"외계인들은 안 그럴까요?"

희는 다소 가라앉은 목소리로 물었다. 불안이 몰려왔다. 그들도 그들만의 세상에서 목숨보다도 돈이 최고라면? 그들도 마찬가지로 우리를 찾는 그 연구를 경제성이 없다며 피하고 있을지도 몰랐다. 그래서 우리가 서로를 찾지 못하고 있을지도. 최가 어깨를 으쓱했다.

"모르죠. 만나봐야 알죠. 만약에 그러면…"

최는 말끝을 흐렸다. 희는 침묵하다가 최가 무엇을 말하려고 하는지 알겠다는 듯이 고개를 끄덕였다. 최는 한숨을 크게 내쉬었다. 희는 분위기를 바꾸려 일부러 밝게 최에게 물었다.

"그럼 당신은 어떤 점이 불행하길래 그래요?"

희의 도발적인 질문이었다. 최는 엉뚱한 대답을 내놓았다.

"여기 스파게티가 더럽게 맛없어서요."

희는 어이가 없어 웃기 시작했다. 최는 그런 희를 가만히 바라보다가 따라 웃었다. 금세 연구실 내부는 웃음소리로 가득 차올랐다. 여전히 희는 최를 이해하지 못했고, 최는 희를 이해하지 못했지만, 둘은 서로의 웃는 모습을 보고서 웃었다. 남이 들으면 정신이 나간 사람들처럼 보일 것 같았다. 웃음은 아주 길게 이어졌다. 이윽고 희가 눈물을 흘리기 시작하자, 최는 희에게 휴지를 두어 장 뽑아주었다. 희가 눈물을 닦으며 물었다.

"스파게티요? 무슨 농담도 참."

"진짜예요. 여기 학생회관에서 파는 거요."

"아, 그거요. 그게 왜요?"

최가 혓바닥을 내밀며 말했다.

"맛이 너무 없어요."

희는 자기가 학생회관에서 설거지했던 때를 떠올렸다. 음식물 쓰레기 중에 스파게티가 차지하는 비중이 제일 많았다. 멋모르는 새내기들이 스파게티라는 이름에 홀려 주문을 했지만, 덩어리진 밀가루 맛에 좀처럼 먹지 못하고 원상태 그대로 쓰레기통에 버렸다. 배가 몹시 고파 시킨 사람들도 몇 입 먹고는 입맛이 떨어졌는지, 원래 상태 그대로라 해도 믿을 만한 모양으로 희에게 건넸다.

희는 열심히 그걸 음식물 쓰레기통에 비워냈다. 그런데도 모든 메뉴 중에 스파게티 가격이 가장 쌌기에 가난한 학생들은 늘 스파게티를 시켰고, 그 밀가루 덩어리로 배를 채워야만 했다. 희가 말했다.

"그게, 한 번도 안 볶아서 그래요. 그냥 식은 소스를 아침에 미리 삶아서 퉁퉁 불어버린 면 위에다 붓는 게 다니까요."

"왜요? 그거 하나 못 볶아줘요? 그냥 팬에다 넣고 한 번만 볶아줘도…."

"사람이 없으니까요. 그 가격에 먹으려면 그 정도는 감지덕지죠."

"왜 사람이 없는데요?"

"인건비가 비싸서 그래요."

"인건비요? 그래도 많이 사 먹으면 괜찮을 텐데."

"꼭 그렇진 않겠죠. 경제적으로 그래요. 더군다나 학생 식당이니까. 올 사람들도 정해져 있고요. 더 설명하자면 긴데…."

희는 설명을 하려다 말았다. 아마 수십 년에 걸쳐 설명해도 최가 알아듣게 말할 수는 없을 것 같았다. 그러나 그 모습이 밉거나 짜증나지는 않았다. 오히려 후에 최가 자신의 설명을 이해했을 때, 어떤 반응을 보일지 궁금하기까지 했다. 최는 입술을 떼었다가 다시 앙다문 희를 보며 고개를 갸웃거렸다. 희가 화제를 돌렸다.

"아무튼, 그거 때문에 불행한 건 이상하지 않아요?"

"왜요?"

"보통 부모님이 아프다거나, 이상하다거나, 본인이 돈이 없거나, 주변 사람들과 관계가 안 좋다거나, 그런 게 불행의 원인이잖아요. 스파게티 때문에 불행하다는 게 일반적이진 않으니까요."

최가 머리를 긁적였다.

"지금은 그래요. 전 먹고살 만큼 돈을 벌고 있고, 좋아하는 일을 하고 있어요. 앞으로 뭘 할지는 모르겠지만요. 부모님은 저 없이도 잘 살고 계시니. 딱히 그거 말고는 불행하진 않은 것 같은데요?"

희의 얼굴에는 장난스러움이 가득했다. 희는 최와 같은 유형의 사람을 살면서 본 적이 없었다. 세상에는 존재하는 사람의 수만큼이나 저마다의 불행이 있다고 하지만, 스파게티 때문에 불행한 사람이라니.

문득 희는 최라면 오히려 자신을 이해할 수도 있겠다는 생각을 했다. 역설적이었지만, 지금껏 마주친 적 없고, 서로 이해하려 한 적이 없었으니까. 희는 몸을 쭉 빼곤 최에게 물었다.

"정말요? 그럼 당신은, 외계 생명체가 있는 덴 어떤 곳이길 바라요?"

최가 모니터에서 완전히 고개를 돌려 말했다.

"이왕이면, 피클보다 스파게티가 맛있었으면 해요. 여기는 그

반대거든요. 그렇다고 피클이 맛있는 건 또 아니라서."

희가 웃었다. 갑자기 생기가 자라난 것만 같았다. 희가 싱그럽게 웃는 모습을 최는 처음 보았다. 일부러 그런 웃음을 짓나 싶었다. 희가 고개를 끄덕였다.

"어딘가에는 있을 거예요. 아니다. 제가 한번 스파게티 해줄게요. 나중에 우리 집에 놀러 와요."

"언제요?"

희는 핸드폰을 켜곤 일정을 살피다가 최에게 말했다.

"쇠뿔도 단김에 빼라고, 오늘 올래요?"

최가 시계를 보곤 모니터로 시선을 옮겼다. 오늘 연구가 끝날 것 같지는 않았다. 묘한 기류가 흘렀다. 처음 맥스웰 방정식을 마주했을 때와는 또다른 느낌이었다. 여지껏 그 누구에게도 연구되지 않은 주제를 마주한 것만 같았다. 연구자의 마음으로, 최가 고개를 끄덕이더니 가방을 챙겨 들었다.

"어딘데요? 많이 멀어요?"

"아뇨. 그리 멀진 않아요."

최는 희와 함께 그녀의 집으로 가는 순간이 꼭 외계 생명체를 찾아 떠나는 우주여행과 같다고 생각했다. 전혀 다른 환경에서 살아온 누군가와 대화하기 위해 무거운 짐을 챙겼고, 교통 규칙이 없는 우주처럼 서울 택시는 올림픽대로를 사방으로 가로지르며 중력가속도를 충분히 느끼게 했다. 가본 적 없는 의정부 쪽으로 그는 가고 있었다. 멀리 연구실에서는 외계 생명체를 찾기 위한 좌푯값을 실시간으로 계산하고 있었다.

'그와 대화가 통할까? 우리가 한 건 대화가 맞는 걸까? 단순한 울부짖음은 아니었을까?'

이런 걱정과 고민은 빛의 속도로 무너져 내렸다. 단지 서로가 어딘가에 있음을 확인하는 만남이라 해도 최는 상관없을 것 같았다. 희는 택시 옆자리에 탄 최를 흘겨보다 은근하게 손을 잡았다. 모니터 화면이 노란색으로 변했다.

최초의 조우였다.

이정하

영화 촬영부로 〈투캅스 3〉〈까〉〈건축무한육면각체의 비밀〉
등에 참여했다. 제1회 백두대간 장편 극영화 시나리오 공모전에서
〈소다〉로 당선, 영화사에서 시나리오 작가로 활동하며 몇몇
단편소설 공모전에서 입상했다. 현재는 다양한 글 작업과 함께
단편영화 제작에 임하고 있다.

꿈에서라도 다시 한번 볼 수 있다면…

그건 오래전부터 꿈에 그리던 꿈이었다. 몇 년 전만 해도 꿈도 못 꿨을… 한때 VR 게임 회사로 명성을 떨쳤던 LD는 6년 전, 개개인의 편차는 있지만, 현실 속의 1분을 꿈속에서 100분 이상으로 확장할 수 있는 LDLLong, Dream, Life 장치를 개발했다. 한마디로 짧은 수면 속에서 긴 꿈을 꾸게 해주는 장치였고, 꿈의 99퍼센트 이상을 본인이 통제할 수 있었기에 실생활의 연장처럼 느꼈다.

하지만 그 길 것만 같았던 드림라이프는 짧은 종말을 고했다. LDL이 신경계에 부작용을 일으키며, 몇몇 사람들이 꿈에서 깨지 못하는 사고가 발생한 것이다. 결국 LDL은 일반인에겐 금지된 채, 임종이 며칠 안 남은 시한부 삶의 호스피스 프로그램으로 자리 잡게 됐다. 이에 LD는 전화위복을 꿈꾸며 LDL을 이용한 새로운 프로그램을 구축했다. 그건 시한부 환자의 긴 꿈을 저장해, 남은 가족들이 공유하고 참여하게 하는, 일종의 힐링 프로그램이었다.

어느 잔잔한 장례식장 안으로 고인의 홀로그램 유언이 떠다녔다.

'안녕, 내 사랑…'

소연은 장례식 내내 울지 않았다. 그녀의 남편인 영우는 얼마 전 시한부 선고를 받고, LDL 시스템 속에서 꿈 같은 삶을, 아니, 실제 삶 같은 꿈을 꾼 후 임종했다. 시스템 속에선 최대 3일간 머무를 수 있었고, 그 짧은 기간 동안 영우가 남긴 꿈속의 삶은 대략 316일, 정확히는 315일 하고도 9시간 23분 51초였다. 소연은 사흘간의 장례 후, 그 꿈이 담긴 접속기를 건네받았다. 우스웠다. 장례 기간 내내 설레기까지 했었다. 남편을 다시 만날 수 있다는 생각에.

'일상'이라는 옵션을 선택했기에 영우의 꿈은 평소 보내는 생활의 연장이었다. 직장을 나가고, 퇴근 후엔 소연과 보내는 일상이 꿈의 대부분일 거라는 얘기였다. 하지만 어떤 뜻밖의 꿈이 녹화돼 있을지는 미지수였다.

첫 꿈속의 날짜는 최면 기법을 통해 보통 사망 예정일의 일주일 뒤로 맞춰졌다. 장례식을 마친 후 고인을 떠나보낸 이들이 가장 공허할 무렵, LDL을 통해 고인을 만나 위로받으라는 취지였다. 영우의 첫 꿈은 1월 17일 일요일 오전 8시 정각이었다. 소연은 꿈과 현실을 동기화시키기 위해 새벽부터 첫 접속을 기다렸다. 밤새 한숨도 못 잔 채 꿈을 기다렸다. 과연 첫 꿈의 내용이 뭘지… 7시 50분이 되자, 시계 같은 손목 장치에서 알람과 함께 메시지가 떴다.

참여 10분 전

심장이 크게 울컥거렸다. 남편을 다시 만날 수 있다니, 정말 꿈만 같은 일이었고, 꿈이 맞았다. 소연은 무중력 소파에 눕듯이 앉아 자전거 헬멧 같은 접속기를 착용했다. 소연의 심신을 체크한 기기는 곧, 홀로그램 자막을 띄웠다.

저희 LD에선 2059년, 꿈을 지속적으로 길게 늘리는 방법을 찾아냈습니다. 자, 그럼 지금부터 *Dream*을 길게 늘려보겠습니다.

곧, 이상한 숫자가 눈앞에 길게 늘어섰다.

01000100001110010011001010110000101101101

D는 이진수로 01000100, r은 01110010, e는 01100101….

Dream을 이진수로 변환시킨, 소연의 맘을 안정시키기 위한 장난이었다. 기기는 러블리한 단어로 이진수 변환 놀이를 몇 차례 더 한 후, 소연이 안정됐다는 판정을 내렸는지 서서히 영우의 꿈속으로 안내를 시작했다. 헬멧에 녹색 계열의 몽롱한 불빛이 들어오며 소연이 꿈을 꾸듯 렘수면 상태에 빠져들었다. 막 꿈에 빠져드는 소연의 안구가 좌우로 급히 움직이는 게 마치 꿈속의 영우를 찾는 듯했다. 곧, 짧은 섬광과 함께 시야 가득히 천장이 보였다. 뭐지? 소연은 어리둥절하기만 한데, 홀로그램 자막이 떴다.

현재 이영우 님의 1인칭 시점으로 꿈속을 체험하고 계십니다. 3인칭으로 전환하시려면 '3'이라 말씀해 주세요.

서둘러 '3'이라 말하자, 시점이 바뀌며 영우의 모습이 보였다. 그는 방금 잠에서 깬 듯 침대 위에 누워 있었고, 천장을 바라보고 있었다. 그 옆엔 역시 누워 있는 소연, 본인의 모습이 보였다. 꿈속의 소연이 뒤척이며 잠에서 깨려 하자, 홀로그램 자막이 떴다.

참여하시겠습니까?

잠시 주저하다가 "예" 하고 떨리는 대답을 하자, 소연은 침대 위 자신에게 빙의되듯 영우 옆에 누워 있었다. 울컥했다. 남편이 바로 옆에서 꿈지럭대고 있다니, 진짜 꿈만 같았다. 아니, '진짜 현실만 같았다가 더 정확한 표현이었다. 영우는 계속 멍하니 천장만 보고 있었다. 기록 대상자들은 LDL 시스템을 체험할 때 자신이 시한부 인생이라는 것과 LDL 시스템에 참여 중이란 걸 기억하지 못한다고 했다. 이는 최면을 이용한 부분 기억 상실증이나 마찬가지였다. 하지만 모든 최면이 사람마다 다른 효과를 내듯, 드물게 그 잔상이 남아 있는 사람들도 있다고 했다. 지금 꿈속의 영우가 그랬다.

"안 좋은 꿈을 꿨어."

영우는 자신이 LDL 장치에 들어가는 장면을 장황하게 설명했다. 소연은 조마조마했고, 기록된 꿈속에서 자신이 해야 할 지문과 대사가 자막으로 떴다.

－(기지개를 켜며 농담처럼) **지금도 꿈 아니야?**

소연이 이 가이드를 따르면 영우와 모든 걸 자연스럽게 진행할 수 있었다. 물론, 가이드는 끌 수도 있었고, 다른 행동과 대사를 해도 무방했다. 다만 꿈속 스토리는 변하지 않는다. 소연은 이미 기록된 영우의 꿈속 스토리에 하나의 연기자처럼 참여하는 거였다. 소연은 우물쭈물 대답을 못 했지만, 가이드를 따르지 않아도, 영우는 이미 소연의 가이드에 해당하는 대답을 들은 상태였다.

"진짜 꿈인가?"

영우는 자신의 볼을 꼬집어 보려다 장난스레 소연의 볼을 꼬집었다. 아팠다. LDL의 꿈은 모든 오감이 현실과 같았다. 곧바로 자막이 떴다.

(달려들어 이영우의 양쪽 볼을 꽉 꼬집는다.)

우스웠다. 아니 우습다기보다는 눈물이 났다. 침대 위에서의 아이 같은 장난이라니, 정말 얼마 만인지 몰랐다. 당장 달려들어 영우의 양 볼을 꼬집었다. 싱크가 살짝 안 맞았지만, 영우가 '아야!' 과장된 소리를 내며 도망치다가 침대에서 굴러떨어졌다. 소연은 쫓아가서 더 장난을 치고 싶었지만, 위치 화살표가 계속 침대 위에 떠 있었다. 본래 기록된 꿈속의 소연은 귀찮은 듯 침대 위에 다시 널브러진 거 같았다. 영우는 소연을 힐끗 돌아보며 헤헤 웃더니 화장실로 들어갔고, 동시에 자막이 떴다.

이영우 님의 영역에서 벗어나셨습니다.

영역에서 벗어났다는 건, 영우의 꿈속에 소연이 등장하지 않는 순간을 뜻했다.

이영우 님의 1인칭 시점으로 전환하시겠습니까? 개인 활동을 하시겠습니까?

개인 활동은 소연이 창조하는 독립된 꿈 활동이나 마찬가지

였다. 소연은 개인 활동을 선택하고 가이드도 껐다. 스스로 뭔
갈 해보고 싶었다. 남편이 볼일을 마치고 나올 때 자신은 무엇
을 하고 있을까? 금세 아침밥이 떠올랐다. 아마 화장실에서 나
온 남편의 첫마디는 '이야, 냄새 죽이네!'일지도 몰랐다. 그럼 어
떤 메뉴가 꿈속에 나올까? 평소 스마일 찌개라 불렀던 김치찌
개가 가장 무난했다. 요리 내내 조마조마했다. 혹, 화장실에서
나온 남편 앞에서 자신이 전혀 딴 짓을 하고 있으면 어쩌지? 예
상과 달리, 주방이 아닌 침대 위에서 오늘 아침 당번은 당신이
라며, 발로 이것저것을 지휘하고 있을지도 몰랐다. 제발 첫날만
큼은 그러지 않길 빌었다.

"이야, 냄새 죽이네."

적중했다. 화장실에서 나온 영우의 첫마디였다. 하지만 정중
앙에 꽂히진 않았다.

"된장찌개 끓였어?"

소연이 어떤 개인 활동을 하건 영우의 꿈이 우선순위였기에
김치찌개는 어느새 된장찌개로 변해 있었다. 남편의 생각, 그
꿈을 정확히 맞히지 못한 게 다소 실망스러웠지만, 처음치곤 꽤
실한 성과이기도 했다.

소연은 영우와 식탁에 마주 앉았다. 김치찌개엔 돼지고기도

큼지막이 썰어 넣었는데, 된장찌개엔 순 멸치 쪼가리뿐이었다. 그래도 영우는 맛나게 잘만 먹었다. 이런 순간이 다시 오다니, 소연은 한 숟갈도 못 뜬 채 꾸역꾸역 눈물만 삼켰고, 영우는 그런 소연에게 체한다며 천천히 먹으라고 했다. 기록상에선 소연이 모닝 식탐을 발휘 중인 듯했다. 스스로가 한심하면서도 웃음이 났다. 꿈속 스토리대로 밥숟갈을 힘차게 떴다. 정말 오랫동안 꿈꿔왔던 맛 같았다.

꿀맛이 채 가시기도 전에, 영우가 꿀벌처럼 바삐 움직였다. 주말인데도 출근 준비에 바빴다. 그가 하는 일은 택배 회사의 드론 관리 업무다. 문제가 생기면 언제든 달려가야 했다. 생전 영우의 주말 출근 모습은 늘 말없이 무덤덤했었지만, 꿈속의 영우는 짜증투성이었다. 어쩌면 꿈속의 모습이 진짜 본마음인지도 몰랐다. 괜히 소연까지 기분이 상할까, 애써 숨겨왔던 걸지도… 왠지 가슴이 아렸다. 소연은 그 속도 모르고 늘 투덜댔으니.

부루퉁하던 영우가 현관을 나서며 갑자기 "나도!" 하며 밝게 웃었다. 소연은 자신이 무슨 말과 행동을 했기에 갑자기 영우의 맘이 풀렸을까 궁금해졌다. 조금 앞으로 상황을 돌리자, 영우가 다시 현관 앞에 서 있다. 꺼놨던 가이드를 켜자, 소연의 자막이 떴다.

-힘내! 우리 서방! (쪽! 기습 뽀뽀) 랑랑랑랑해!

"나도!" 하고 영우가 맞춰 대꾸한다. 그러곤 힘을 받듯 해죽 웃으며 다시 현관을 나섰다. 어쩌면 이 역시 영우가 꿈꿔왔던 일상일지도 몰랐다. 신혼 땐 시도 때도 없이 사랑해 뽀뽀를 남 발했었는데, 언제부턴가 남들 얘기가 돼버렸다.

곧 복도 엘리베이터 문이 닫히고, 영우가 시야에서 사라졌다.

이영우 님 영역에서 벗어나셨습니다. 이영우 님의 1인칭 시점으로 전환하시겠습니까?

수락하자, 영우의 시점이 눈앞에 펼쳐졌다. 엘리베이터에서 내려 아파트 입구를 나서고 있었다. 늦었는지 발걸음이 급했다. 하지만 그 와중에도 깨알 같은 21층 베란다를 올려다봤다. 소연 도 영우의 시선을 따라갔지만, 꿈속의 소연은 베란다에 나와 있 지 않았다. 소연은 왠지 미안했다. 얼른 베란다로 달려가 영우 에게 크게 손을 흔들고 싶었다.

전화가 왔습니다.

갑자기 빨간 자막이 뜨며 껌벅였다. 소연은 급히 휴대폰을 찾 았지만, 빨간 자막은 꿈이 아닌 현실 세계에 대한 알림이었다. "꿈 깨"라고 말하자, 접속기에서 깨어났다. 현실에서 휴대폰 벨

이 울리다가 끊어졌다. 시계를 보니 꿈속에서 겪고 있던 시간과 거의 일치했다. 마치 현실에서 방금 남편을 출근시킨 기분이었다. 다만, 화창했던 꿈속과 달리 현실의 창밖에선 비가 쏟아지고 있었다. 문득 밖을 나선 영우 걱정에 "우산!" 하다가 "바보" 하며 소연은 웃었다.

하루하루 웃음이 헤퍼졌다. 그게 그렇게 좋을 수 없었다. 소연은 한 달 동안 영우의 꿈속 삶을 지켜보며 자신이 등장하는 순간엔 빠짐없이 참여했다. 가이드는 끌 때가 많았고, 껐을 때 보통 4, 50퍼센트, 어떨 때는 90퍼센트까지 꿈속 본인의 대사와 행동을 맞히기도 했다. 100퍼센트 적중했을 땐, 아내로서의 자부심까지 느껴졌다. 하지만 온종일 꿈에만 빠져 지낼 순 없었다. 집 대출 이자도 밀려 있었고, 임시 휴직한 직장도 다시 나가야만 했다. 또, 꿈속에 자신이 등장하는 순간에만 접속하는 편이 더 현실적일 거 같았다. 물론, 남편의 사생활도 지켜주고 싶었다. 비록 꿈속일지라도.

소연은 직장 생활을 다시 시작했다. 소연이 하는 일은 애완봇 미용 관리사. 주 업무는 인공 털 관리다. 오늘은 개미핥기의 털을 염색했다. 구석구석 먼지를 핥는 청소 겸용 애완봇이었다. 대부분의 애완봇들은 다양한 2차 기능을 가지고 있었다.

현실 같았던 100일이 흘러갔다. 시스템에 적응하자, 소연은 실제로 영우와 살고 있다는 착각에 빠질 것만 같았다. 다만 현실과 꿈속의 영우가 완전 판박이는 아니었다. 얼마부터인가 영우는 몰래 복권을 사기 시작했다. 허구한 날, 가진 복이라곤 아내 복뿐이라고 했던 그였다. 물론 소연 귀에 꿀 바르는, 입에 발린 허구였을진 모르지만, 복권 구매는 생전 안 하던 짓임엔 분명했다.

또, 시도 때도 없이 기타 줄을 튕겼다. 젊은 시절, 밴드 생활을 했던 영우는 결혼 후 그 꿈을 과감히 정리 해고 했다. 혹시 그때의 삶이 다시 그리워진 걸까? 꿈속에서라도 꿈을 펼치고 싶은 걸까? 그래서 꿍쳐놓을 돈이 필요한 걸까?

며칠 후, 저녁 식사 중에 영우가 복권 추첨 방송을 켰다. 소연은 가이드를 끈 채 자신의 생각을 말했다.

"왜? 복권 당첨돼서 평생 띵까띵까 하게?"

영우는 그냥 웃어넘겼지만, 꼭 뭔가 들킨 표정 같기도 했다. 소연은 혹시 자신이 한 대사가 맞았나 궁금해졌다. 앞으로 조금 되감은 후 가이드를 켜보니, 다음의 자막이 떴다.

-왜? 복권 당첨돼서 딴살림이라도 차리게?

영우의 꿈속에서 왜 그런 얘기가 나왔는지 우스웠지만, 그냥 웃어넘긴 영우의 웃음을 다시 돌려 보니 뭔가 부자연스러웠다. 소연은 시스템의 불안정이 만든 불완전한 표정이라 믿고 싶었지만, 계속 반복해서 돌려 보는 걸 멈출 수 없었다.

그 후로 영우가 기타 줄에 매달리는 시간이 점점 더 많아졌다. 자작곡을 만드는 듯 보였다. 뭔가를 꿈꾸는 듯한 몽환적인 멜로디였고, 어떤 간절한 매달림 같기도 했다.

217일째, 소연은 영우와 마트에 가기로 했다. 엘리베이터로 내려가는데, 18층에서 한 여자가 탑승했다. 불쑥 끼어든 느낌이었다. 서로 눈인사를 주고받는 영우와 여자 사이에서 묘한 불씨 같은 것도 느껴졌다. 그녀는 과거 영우의 밴드에 있었던 가수이자 그의 대학 후배였고, 1년 전 불현듯 이곳으로 이사를 왔다. 한때 밤무대 가수를 했다는 얘길 들은 적이 있었는데, 요즘도 그 화려한 불빛 아래 있는지는 알 수 없었다.

256일째, 영우는 소연에게 아직 미완성인 자작곡을 들려줬다. 소연은 연주 내내 자신에게 눈길 한 번 주지 않는 영우의 태도가 좀 서운했지만, 음악에 대한 집중이라 생각했다.

275일째, 영우와 함께 엘리베이터로 내려가던 중 문밖에서 낯익은 허밍이 들려왔다. 요즘 영우가 한창 매달리고 있는 곡이었다. 문이 열리자, 18층 여자가 서 있었다. 그녀는 홍얼대던 허밍을 급히 삼켰고, 영우는 괜한 헛기침을 토해냈다. 어떻게 그녀가 영우의 자작곡을 알고 있는 걸까? 단지 꿈이 아무렇게나 내뱉은, 별 의미 없는 껌 쪼가리일까? 그냥 무시하고 싶었지만, 온갖 생각들이 껌처럼 들러붙었다. 숱한 의심들이 딱딱히 굳어갔다.

소연은 도망치듯 꿈에서 깼다. 한동안 현실의 방구석에 웅크리고 있었다. 구석이 필요했다. 남편에 대한 믿을 만한 구석이. 어쩌면 모든 건 오해일지도 몰랐다. 다시 기기에 접속했다. 가급적 지켜주고 싶었던 영우의 사생활들을 구석구석 야금야금 들여다보기로 했다.

야근, 야근의 연속이었다. 영우는 참 열심히도 일만 했다. 믿을 만한 것들은 역시 구석구석에 많이 있었다. 진짜 오해였을까? 문득 영우가 만취했던 128일째 밤이 떠올랐다.

꿈속의 시간을 그날로 돌려봤다. 영우의 1인칭 시점으로 화려한 불빛들이 보였다. 그는 홀로 밤거리를 걷고 있었다. 이미 한잔한 듯 살짝 비틀거리는 시선이 재밌기도 했다. 한데, 그 시선의 파고가 점점 불안하게 높아지더니, '외딴섬'이라는 라이브 카페로 향했다. 소연은 멈춰 서고 싶었지만, 시선은 뭔가에 홀린 듯 거침없이 밤무대로 흘러갔다.

아니나 다를까, 무대 위에선 18층 여자가 야한 광섬유 원피스를 입은 채 세이렌처럼 노래를 부르고 있었다. 곧, 무대에서 내려온 그녀는 테이블들을 돌며 색기 어린 퍼포먼스까지 펼쳤다. 파도에 출렁이듯 술렁이는 관객들을 하나둘 홀리는가 싶더니, 영우의 시선 앞으로 다가섰다. 몸에 짝 달라붙은 원피스가 시뻘건 빛으로 타올랐다. 소연은 소스라치게 '꿈 깨!'를 외쳤다.

309일째. 오전부터 무수한 참여 알람이 울려댔다. 소연은 접속하지 않았다. 회사까지 월차를 내고 오전 내내 잠만 잤다. 거의 1년 만이었다. 그 어떤 꿈도 꾸지 않은 건.

알람은 오후에도 계속 울렸다. 마치 사이렌처럼 섬뜩했다. 꿈 속의 자신이 영우의 외도를 눈치챈 걸까? 대판 싸우기라도 하는 걸까? 왠지 그보다 더 끔찍한 일이 벌어졌을 것만 같았다. 눈을 부릅뜨고 버티려 했지만, 결국엔 감기로 했다. 꿈에 접속하기로.

맘을 단단히 먹고 그날의 밤무대부터 재소환했다. 원망을 더 키워야만, 절망이 덜할 거 같았다. 3인칭으로 전환하니, 영우가 무대를 마친 18층 여자와 함께 분장실에 앉아 있었다. 꼭, 수많은 선원들을 유혹해서 집어삼킨 세이렌의 섬 같았다. 소연은 떠도는 원혼처럼 여러 각도에서 둘을 지켜봤다. 영우는 술에 취한 채 18층 여자에게 자작곡 일부를 흥얼거렸다. 마치 세이렌과 음악 대결을 벌이는 오르페우스 같기도 했다.

대결을 마친 후, 이 곡의 느낌이 어떠냐고 영우가 묻자, 세이렌은 몽환적이라 평하며 가만히 눈을 감고 있었다. 이제 곧, 비린내 나는 키스 퍼포먼스라도 펼쳐질 듯싶었다. 하지만 영우는 고맙다는 인사말만 남긴 채 홀로 외딴섬을 떠났다.

그게 전부였다. 18층 여자는 그저 단순한 평가자였다. 혼란스러웠다. 영우는 단지 자신의 음악적인 욕망을 채우고 싶었던 걸까? 그 꿈속에 꾹 박혀 있던 것뿐일까? 아니, 어쩌면 되레 현실적인 문제였을지도 몰랐다. 언젠가 영우는 이런 말을 한 적이 있었다. 혹, 자신의 곡이 빛을 보게 되면, 빚 걱정 없이 살게 될 거라는.

하지만 그 빚은 맞벌이를 하며 꾸준히 갚아나가고 있었다. 뭔가 다른 계기가 있을 것만 같았다. 갑자기 복권을 사고 기타를 집어 들었던 건 90일이 막 지났을 무렵이었다. 그런 이상한 일상의 불씨가 됐을 앞부분을 살펴봐야 했다. 소연은 영우의 사생활들을 빠른 배속으로 돌려봤다. 길기를 바랐던 꿈속의 삶이 찰나의 순간처럼 지나갔다.

83일째 되던 날, 영우는 회사가 아닌 다른 장소에 있었다. 그곳은 오디션장도 음반사도 아니었다. 영우는 한 고지식해 보이는 남자와 마주 앉아 있었다. 그는 의사였고, 그곳은 진료실이었다. 의사는 어떤 희귀병에 대해 한참 동안 긴 설명을 하더니 짧게 결론을 내렸다. 영우의 삶이 얼마 안 남았다는.

소연은 어이없어 코웃음이 터졌다. 영우가 꿈속에서조차 시한부 선고를 받다니, 이게 무슨 운명의 잔인한 장난인가 싶었다. 그 후, 영우는 수없이 많은 음반사들을 찾아다니며 자작곡을 어필했다. 그게 소연에게 남길 수 있는 유일한 유산이란 생각 같았다.

소연은 허망히 눈을 떴다. 모든 게 꿈일 거라는 구차한 넋두리도 써먹을 수 없었다. 더는 꿈에 접속할 용기가 나지 않았다. 지금쯤 영우는 모든 걸 털어놨을 테고, 자신은 울고불고하고 있을 게 분명했다.

316일째, 현실의 거실 창에 햇살이 몽롱하니 스몄다. 마치 꿈속에서 새어 나오는 햇살 같았다. 마지막 날이 되자, 오히려 모든 걸 받아들이듯 차분해졌다. 샤워기 아래서 남은 눈물을 모두 흘려보내고, 웃음을 주워 담았다. 화장도 곱게 했다. 첫 데이트하던 그날처럼 여러 번 화장을 고쳤다.

참여 10분 전

의자에 앉아 헬멧을 쓴다. 그리고 천천히 눈을 감았다. 꿈속의 햇살은 마치 깊은 심해에서 보듯 일렁거렸다. 파도 거품 같은 구름들이 하늘에 잔잔히 떠다녔다. 영우와 소연은 거실 창가에 나란히 앉아 있었다. 영우의 얼굴은 창백하기보단 투명해 보였고, 품엔 통기타가 안겨 있었다. 소연은 꿈속 자신에게 참여하지 않은 채 둘을 곁에서 지켜만 봤다. 꿈속의 자신은 다행히 편안해 보였다. 지금 자신이 참여해도 그랬을 거 같았다.

영우는 완성된 자작곡을 다소 수줍게 소연에게 연주해 주기 시작했다. 〈천리향〉이라는 곡이었다. '꿈속의 사랑'이라는 꽃말을 지닌. 그 향기 어린 울림은 끝으로 치닫는 애절함이 아닌, 첫사랑의 설렘으로 가득했다.

현실만 같던 시간이 지나가고, 연주를 마친 영우는 소연의 어깨에 살며시 머리를 기댔다. 먼발치서 울먹이며 지켜보던 소연이 비로소 참여했다. 죽어가는 영우가 춥지 않게 얼른 그 어깨를 꼭 끌어안았다. 오히려 따스한 온기가 느껴졌다. 영우는 소연의 품속으로 아이처럼 얼굴을 비비며 파고들었다. 겨우겨우 옹알이라도 하듯 〈천리향〉을 흥얼거리다가, 아내의 향을 깊게 들이마시며 숨을 거뒀다.

시스템이 꺼졌다.

현실의 거실 창에선 금세 그친 빗물이 햇살을 꼭 끌어안은 채 흐르고 있었다. 현기증이 일듯 살짝 비틀대던 시선이 곧, 창 앞으로 다가섰다. 꿈에서 갓 깬 얼굴이 몽롱하니 창에 비쳤다. 빗물이 흐르는 그 얼굴은 소연이 아니었다. 영우였다. 그는 천천히 접속 헬멧을 벗었다. 지금까지의 모든 과정은 LDL에 기록된 소연의 꿈이었다.

1년 전, 소연은 LDL 장치에서 사흘을 보낸 후 임종했다. 과거 LDL 홍보업무를 잠시 맡은 적이 있어, 그 내용이 꿈속에 녹아든 듯했다. 소연의 꿈은 아직 하루가 더 남아 있었지만, 영우는 그녀의 꿈속에서 죽었기에 마지막 날의 참여는 없을 듯했다. 그냥 접속해서 홀로 남은 소연을 유령처럼 지켜본다는 건 너무 아플 것만 같았다.

홀로그램 낙엽들이 떨어졌다. 영우는 '꿈길'이란 공원길을 홀로 걸었다. 소연과 연애 시절 자주 산책했던 데이트 길이었다. 홀로그램 낙엽들은 곧, 눈으로 변하더니 이내 녹아 꽃을 피웠다. 꿈속의 사랑, 천리향이었다. 영우는 천리향 꽃길을 한 발, 두 발 내디뎠다. 금방이라도 소연이 옆에서 팔짱을 껴 오며 철부지 소녀처럼 웃을 것만 같았다. 왜 이 꿈길이 소연의 꿈속에서 한 번도 나오지 않았을까? 아련한 추억들이 눈시울을 덥히며 눈물로 녹아내리던 그때, 알람이 울렸다.

참여 10분 전

영우는 멍하니 알람 메시지를 봤다. 자신은 분명 소연의 꿈 속에서 죽었기에 참여한다는 건 불가능했다. 어쩌면 소연이 접속기에서 꿈속의 지난날들을 되감고 있는지도 몰랐다. 영우 는 공원 벤치에 앉았다. 어떻게 맞이해야 할지 먹먹했다. 소연 이 어떤 순간을 되돌려 보고 있는 건지, 어떤 추억 속에 빠져 든 건지… 주저하며 떨리던 손이 어느새 가방 속 접속기를 빼 들었다.

꿈길이었다. 길고 긴 꿈길이 눈앞으로 펼쳐졌다. 소연은 현실 의 영우처럼 꿈길에 서 있었다. 그 잠깐 동안, 영우가 약속 시간 에 늦은 듯 허둥지둥 달려왔다. 그건 지금까지의 꿈속엔 없었던 장면이고, 분명 지난날을 되감은 풍경이 아니었다. 멍하니 지켜 보던 영우가 꿈속에 참여하자, 소연은 영우의 팔짱을 꼭 끼며 수다를 떨기 시작했다.

"어젯밤에 정말 길고 이상한 꿈을 꿨어. 내가 자기를 꿈속에 서 만나는… 그거 알지? LDL."

지금까지의 기록은 소연의 꿈속의 꿈인 듯했다. 영우는 그 꿈 속의 꿈에서 소멸했을 뿐, 소연의 꿈속에선 여전히 그녀 곁에 있었다. 곧, 다음의 자막이 떴다.

-(실없다는 듯 웃으며) 지금도 꿈 아니야?

영우는 차마 그 말을 할 수 없었고, 소연은 어깨를 더 비비며 들러붙었다.

"자기랑 다시 얘길 나누는 게 진짜 꿈만 같긴 해."

소연은 절대 꿈에서 깨지 않겠다는 듯, 꿈에 가득 찬 소녀처럼 하늘을 바라봤다. 잠시 사이, 자막이 떴다.

(함께 하늘을 바라본다.)

영우는 하늘을 바라보지 않았다. 하염없이 소연만을 바라봤다. 얼마 있지 않아 소연이 놀랍게도 영우를 돌아봤다. 아마도 하늘을 바라보는 영우를 보는 듯했지만, 둘은 그렇게 눈을 맞췄다. 소연은 가만히 웃으며 입을 열었다.

"자기 예전 꿈 있잖아? 세상에 단꿈 같은 음악 들려주는 거… 그 꿈, 아직 깨지 말고, 좀 더 오래오래 꿨음 좋겠어. 오래오래 행복하게."

영우는 소연이 왜 그런 얘기를 하는지 잘 알고 있었다. 곧, 자막이 떴다.

(김소연을 바라보며 웃는다)

하지만 이번에도 따르지 않았다. 영우는 급히 하늘로 시선을 돌렸다. 미처 삼키지 못한 눈물을 얼른 감췄다.

홀로그램 낙엽이 눈으로 바뀌며 아련하니 떨어졌다. 마지막 날, 꿈의 시간이 어느덧 다 돼가고 있었다. 이제 채 1시간도 안 남았다. 둘은 다시 꿈길을 걸었다. 자막을 끈 채 팔짱을 꼭 끼고 걷다가 동시에 입을 열었다.

"내일은 뭐 할까, 우리?"

서로 같은 질문을 하고는 풋 웃었다. 뭔가 그리 재밌는지 한참을 웃고 또 웃었다.

꿈길은 얼마 안 남았지만 계속해서 흥겨이 걸었다. 내일을 꿈꾸며 설렘 가득히 걸었다.

한 발 한 발 내디딜 때마다 천리향이 피어올랐다. 그립고 그리울 서로의 향이었다.